JOURNAL D'UNE ACCRO AUX CONTES DE FÉES

© 2024, Sandrine Lamarelle

Avec la collaboration de Murielle Neveux – Mémoire et portrait
memoireetportrait.com

Photographie de couverture : © Sandrine Lamarelle – Tous droits réservés.

Édition : BoD · Books on Demand GmbH, In de Tarpen 42, 22848 Norderstedt (Allemagne)
Impression : Libri Plureos GmbH, Friedensallee 273, 22763 Hamburg (Allemagne)

ISBN : 978-2-3225-4264-2

Dépôt légal : Avril 2022

Sandrine Lamarelle

JOURNAL D'UNE ACCRO AUX CONTES DE FÉES

J'ai vécu plusieurs vies, certaines étaient liées à mon imaginaire. Je devais par l'esprit fuir l'ogre, il était mon père, ma mère sa complice.

Je me suis évadée dans les contes de fées et j'ai fini par confondre mon existence avec celle d'un des personnages héroïques de mon enfance. Ceux-là mêmes qui triomphaient des forces du mal ! Le spectre de l'inceste a été le combat de toute ma vie d'adulte.

J'étais morte et ressuscitée, vivante entre deux mondes, le visible et l'invisible.

Je témoigne afin que la beauté surpasse la laideur de ceux qui saccagent l'innocence et toutes formes de rêves possibles.

Page après page, je me suis libérée des chaînes de ce passé, j'ai grandi en l'espace de deux mois car je n'avais plus deux ans et demi…

Sandrine Lamarelle

Mardi 4 septembre

Je m'imagine vivre dans un autre appartement que le mien. Il est essentiel pour moi de me projeter ailleurs, car dans mon logement locatif composé de quatre pièces en comptant la cuisine, je n'occupe plus qu'une seule chambre fermée à clef.
Le responsable de cet enfermement est celui que j'aimais encore la semaine dernière et avec qui je partageais librement et aisément notre espace commun.
Je me sens captive, prise dans un piège incompréhensible puisque personne d'autre que moi-même n'a consciemment tourné la clef dans la serrure, afin d'empêcher l'homme que je pensais aimer de franchir le seuil qui me sépare physiquement de sa présence.
J'essaye de ne faire aucun bruit.
Une simple cloison me sépare de lui. Je l'entends en ce moment même et c'est ce que je souhaite, pour le surveiller. Je veux pouvoir l'épier, entendre ses agissements.
En l'espace de vingt-quatre heures, il est devenu un adversaire, mon ennemi. À défaut de pouvoir déménager dans l'immédiat, j'aimerais sortir de ma chambre et l'injurier.
Je sens en moi une folie sans limite me gagner, je suis devenue un animal enragé. L'espace où je me suis réfugiée est saturé de cette hargne que j'essaye de maîtriser, dans ma tête gronde un fleuve incandescent, je sens mon sang bouillonner comme un liquide inflammable.
Je suis littéralement en train d'exploser. Je n'ai plus de tête, mais un crâne qui me dicte les mots que j'écris sur mon ordinateur avec mon esprit dérangé qui maintenant aimerait le frapper.

J'écris les toutes premières phrases de ce qui va devenir mon journal intime pour ne pas devenir folle. Je ne sais pas à qui

ces premiers mots s'adressent mais il faut que l'on m'entende et c'est un besoin vital que d'imaginer des lecteurs. Enfin un ami, au moins, qui pourrait me comprendre !
Je suis si désespérément seule alors même qu'il est tout près de moi.
Je le déteste.
Je le hais tant qu'il me faut penser à une pléiade de gens formidables si je ne veux pas perde le contrôle de moi-même.

Que va-t-il se passer ?

À quoi bon se poser ce genre de question !
J'ai déjà vécu, étape par étape, ce même enchaînement de perte de maîtrise. Lui et moi, nous ne sommes pas capables de réfréner nos pulsions.
À présent, j'ai atteint un point de non-retour. Ma douleur est si extrême qu'elle me porte à croire que l'unique solution serait d'abdiquer face à mon ennemi. Ainsi j'en finirais avec cette insupportable colère qui me ronge le corps comme un poison en fusion.
Bien sûr, cela ne va pas lui suffire ; je le connais, il détectera au son de ma voix la plus petite des irritations et alors, il ne lâchera rien et je ne céderai pas non plus.
Alors nous recommencerons à nous déchirer, et aujourd'hui, je sais que je risquerais de le frapper pour la première fois. Cette idée me réjouit, et c'est bien le problème !
À moins que je ne lui joue la comédie de la gentillesse comme je l'ai fait dans le passé. Un rôle de totale composition dans lequel je me renierais, encore une fois.
Mais m'imaginer une seule seconde jouer ce jeu d'actrice m'est insupportable. Il est clair que je suis incapable de fournir de tels efforts. Je suis la proie d'énergies destructrices qui ne de-

mandent qu'à exploser, la fureur qui s'est saisie de moi ne peut s'accommoder de ce genre de prestation factice.
Ce « service » pour la paix me semble irréalisable car il exige d'être parfaite. Il me faudrait pouvoir parler d'un ton calme avec des mots bien choisis, pour qu'aucun ne vienne réveiller sa fureur qui vaut bien la mienne. Je devrais m'incarner en une femme douce et soumise, surtout.
Comment réussir une telle prouesse ? Comment transformer ma fureur en un élan doux et aimant envers cet homme détestable ? Afin de préserver ma santé mentale, il va me falloir accomplir ce miracle, et changer ma haine en amour.
Je me souviens pourtant avoir chaque fois raté ce numéro d'actrice. J'y mettais trop d'empressement, car au fond je souhaitais en finir au plus vite avec cette mascarade. Et lui, aux aguets, se rendait compte de mon impatience. Alors, le bougre reprenait aussitôt les hostilités, avec la même intensité qu'avant cette trêve avortée.
Je déteste la guerre et encore plus la folie qui l'accompagne mais force est de constater que mes aspirations pacifistes n'ont toujours fait qu'envenimer les situations. Je ne crois plus à ce genre de subterfuges absurdes.
Et puis, il me faudrait au préalable choisir le bon timbre de voix afin d'émettre la douce tonalité qu'il affectionne tout particulièrement lorsqu'elle est rattachée à son prénom. Ainsi, je l'appellerais à me rejoindre à la manière d'une petite chanteuse entonnant une comptine légère, seule façon de lui donner l'assurance dont il a besoin pour sortir calmement de sa chambre, sans qu'aussitôt, il déclenche une bataille dont sa vie dépendrait. Une seule et unique fausse note de ma part le ferait sortir de ses gonds.
Et encore une fois, tout recommencerait.

Mais aujourd'hui, mardi 4 septembre, je ne veux plus procéder ainsi, je voudrais lui infliger plus qu'une blessure superficielle, je voudrais lui griffer sa voix plus forte que la mienne, inscrire un X majuscule rouge sur son visage et enfin mettre un terme en lettre de sang à ses mots qui me blessent.

Il sait que je suis rentrée, il a certainement entendu le bruit de la clef dans la serrure.
Il y a une dizaine d'années, nous avons pris la décision de faire chambre à part. Ses ronflements de plus en plus prononcés étaient la cause de notre séparation nocturne, mais, sans doute pour ne pas se sentir seul responsable de la situation, il avait affirmé qu'à cause de mes nuits constamment agitées il ne pouvait fermer l'œil. Selon ses dires, je passais mon temps à jouer des bras et des jambes comme une sportive adepte du body combat !
J'aimerais le prendre au pied de la lettre et lui envoyer un kick puissant, non pas pour le pousser hors de mon lit car cela, c'est déjà fait, mais pour l'envoyer bien plus loin, à des milliers de kilomètres. Et en prime, lui lancer depuis la fenêtre située au cinquième étage, tous ses habits, ses chaussures ainsi que sa collection de guitares.
Bien entendu, je ne peux pas le foutre à la porte aussi facilement et encore moins à coups de pieds au cul, en hurlant « Fous le camp, gros connard ! », ou encore « Espèce de fumier, retourne chez ta mère ou sous un pont, peu m'importe, salopard ! » Et puis, en balançant ses affaires, je pourrais blesser des innocents et finir au poste de police. Alors, il détiendrait la preuve de mon incapacité à être saine d'esprit, cette incapacité qui le met hors de lui et l'autorise à me dire et redire avec véhémence tant je résiste à ce qui lui semble sensé : « Sois raisonnable ! »
Hélas ! Je dois vous l'avouer, à cet instant, je me sens proche

de la reddition, mon esprit me dicte ces mêmes mots : « Sois raisonnable… »

Mes chers lecteurs invisibles, sans voix, vous qui ne pouvez pas intervenir et encore moins me défendre, sachez que je ne vais pas « m'aplatir devant lui » car aujourd'hui, je ne pourrai pas supporter son air triomphant, son torse bombé et, pire encore, son regard devant ma mine défaite.
Pour ne pas devenir folle, je m'accroche à vous, mes chers lecteurs imaginaires, j'ai tant de peine à résister à ma fureur.

« Gros connard ! » « Espèce de salopard ! » « Crève, fumier ! »
Que sont ces injures écrites sous le coup de la colère et cette injonction à mourir ? Elles ne sont rien, absolument rien en comparaison au flot d'injures que j'aimerais lui cracher au visage tout en le frappant furieusement.
Je résiste à cet appel barbare qui soulève mon corps comme un ressort. J'ai de la peine à rester assise, concentrée sur mon clavier.
Je me sens prête à l'affronter. J'aimerais bondir de mon siège, me jeter brusquement dans le couloir où je l'entends marcher. Sachez que cet adversaire est toujours prompt à me crier dessus à quelques centimètres du visage seulement, son débit hargneux n'a pas de limite. Il me fait penser à un pitbull, ce chien qui ne lâche plus sa proie à partir du moment où il l'a dans la gueule.
Je mesure un mètre soixante pour cinquante-sept kilos. Mettez-vous à ma place, je ne fais pas le poids. Lui n'a pas besoin d'ergots pour se grandir devant moi, et pourtant, du haut de son mètre quatre-vingts, il se l'autorise comme si j'étais un adversaire de son gabarit. D'homme à homme, comme dans un combat loyal… Il gonfle sa poitrine, augmente sa stature, hausse le cou et le ton pour me faire taire, mais je résiste, ce qui

a pour effet de redoubler sa fureur. Il ne peut le supporter car il pense être dans son bon droit, du bon côté. Alors, il mouline des bras comme un Don Quichotte outré mais ce sincère hidalgo en quête de vérité use d'agressivité pour me convaincre qu'il voit juste. Je pourrais en rire si ses paroles n'étaient pas cruelles. Selon lui, je possède les pires vices et fais de son quotidien un enfer. Et sans trêve, il se contorsionne tel un pantin ridicule, armé de longs bras qui se déplient brusquement dans les airs et qui, faute de prise, se remettent à tenter de saisir d'invisibles adversaires. J'aimerais me moquer de lui mais je ne peux pas, il occupe tout l'espace et sa voix envahit la pièce. Il me domine avec son discours absurde, qui n'est pas comique, mais tragique de bêtise et de méchanceté. À chaque fois, c'est une avalanche de reproches et de mots blessants, qui m'engloutit et me laisse muette, mais, avant de perdre pied dans ce piège de mots absurdes, je me calque sur sa fureur, et prends les mêmes armes tout en sachant que ma propre dignité m'empêchera toujours d'utiliser ce que je connais de lui, de ses blessures qui le toucheraient comme des flèches bien ciblées au centre de son cœur, alors que lui ne s'encombre pas du moindre scrupule.
Mais aujourd'hui, je sens que je pourrais franchir une limite, car je ne souhaite qu'une chose, c'est qu'il se taise à tout jamais.

Je résiste en écrivant ces lignes dans ma chambre, je résiste en pensant à un ailleurs possible, un autre monde habité par une civilisation plus avancée que celle où je me trouve en ce moment. Vivre au sein d'une société consciente de sa propre destruction serait mon plus grand souhait. Mais où se trouve donc ce monde définitivement oublié ?

Je pense que tenir un journal est la meilleure idée qui soit, car je suis recluse et ne peux me tourner vers une autre activité pour calmer mes nerfs. C'est la première fois de ma vie que je prends une telle décision. Je pensais qu'écrire un journal intime était une occupation d'adolescents, de sexe féminin surtout, qu'il fallait une certaine dose de naïveté pour s'y adonner. Je voyais les passions des jeunes filles comme les ferments idéaux pour ce genre d'ouvrages qui me semblent, pour tout vous dire, assez peu appréciables d'un point de vue littéraire, et plutôt ennuyeux et insipides. L'idée d'écrire, sur un écran ou sur du papier, en imaginant m'adresser à un ou plusieurs amis imaginaires, me semblait totalement anachronique et puérile pour la femme de cinquante-cinq ans que j'étais, sans antécédent et sans attrait pour ce hobby épistolaire.

Je tiens cependant à m'adresser à vous, à des inconnus qui mènent des vies tranquilles, ailleurs, dans leurs « chez-eux ».

Je n'ai plus de « chez-moi », ce mot qui dit l'intimité a disparu de mon univers. Il était jusque récemment promesse d'un réconfort ; je possédais ce confort comme vous, amis lecteurs.

Hélas ! Je réalise que j'ai perdu un des biens les plus précieux, c'est une amère déconvenue car à présent, je déteste vivre dans mon propre appartement.

Il y a seulement quelques jours, j'avais encore la conviction d'être heureuse.

Je rentrais chez moi et cet acte m'apparaissait si normal que je ne me posais pas la moindre question à ce sujet. Mais aujourd'hui, je réalise que j'ai perdu mon intimité. Alors, où la loger désormais sinon dans un journal ?

À vrai dire, je suis perdue…

Mon conjoint était mon partenaire au quotidien, il avait sa place dans l'ordre établi de ma vie, un peu comme la table de la cuisine, le téléviseur, enfin, tous ces objets qui assuraient notre confort et favorisaient notre bonheur.

Ce mobilier me rend furieuse, spécialement le canapé extra-large en forme de U.

Nous nous étions vus, ensemble, allongés sur son revêtement brun chiné et avant de nous décider, nous avions longuement testé sa résistance dans le magasin. Sa durée de vie devait être égale à la longévité de notre couple. Sur la notice était écrit son nom, « Boogie », rappelant la musique entraînante et joyeuse du boogie-woogie. Il suffisait de l'acheter et de le transporter et nous serions heureux comme jamais.

J'ai cru à ce bonheur commercial.

Mensonge !

Ce prétendu bonheur a-t-il seulement existé pour d'autres ?

Donner un presque prénom à un meuble, n'est-ce pas le comble de l'absurdité ?

Et pourtant, nous avions ri ensemble de cette appellation désuète.

Imaginez mon désarroi, non d'avoir perdu l'image subliminale de nous deux, lovés sur ce stupide canapé, mais d'avoir compris qu'il n'existera plus la moindre complicité entre nous. Je sais cela, comme une vérité absolue.

Car si soudain des crampes abdominales me saisissent devant ma porte d'entrée, cette douleur ne traduit-elle pas un mal profond et plus ancien qu'il n'y paraît ?

Hier, un animal m'a tordu les tripes en bas de mon immeuble, ce carnassier m'a mordu encore plus profondément dans l'ascenseur et il m'a pliée en deux de douleur lorsque ma clef a tourné dans la serrure.

Comment comprendre ce phénomène soudain ?

Et pourquoi ce mal s'est-il rué précipitamment sur moi tel un traître squattant mon estomac sans ma permission ?

Dimanche 2 septembre il ne me rongeait pas encore. J'étais insouciante et cette chose que je ne saurais nommer en terme

médical m'a donné un coup fatal le lundi 3 septembre pour ne plus disparaître. Cette chose en forme de serpent logeant dans mes intestins a coupé net mon envie de vivre avec cet homme comme il a coupé mon appétit. Il m'a laissé un seul désir, fuir ! Hélas, j'ai bien été obligée de réintégrer mon domicile. Je me suis précipitée dans ma chambre, j'ai fermé ma porte à clef en sachant que je n'en sortirais plus. Il fallait que je réfléchisse. Et malgré mon état émotionnel, j'étais encore capable de compter les jours : j'avais passé trois jours sans manger. Ce fut un soulagement que de me rappeler la cause de mon manque d'appétit, une simple dispute. Enfin un problème facile à résoudre.
Samedi en fin de matinée, après notre altercation, je n'avais pas eu faim. Ce n'était pas grave, m'étais-je dit, nous n'en étions pas à notre premier conflit, il était donc normal de sauter un repas à cause du stress. J'étais sans doute fatiguée, il me fallait juste un peu de repos et la vie reprendrait son cours.
Mais rien ne s'est passé comme prévu.
Je l'ai entendu marcher dans le couloir menant à ma chambre, où je m'étais réfugiée, et chacun de ses pas a résonné comme une multitude d'agressions. Je me suis sentie démunie et sans force.
Hélas, boire n'était pas une option. Cet acte vital nécessitait d'ouvrir ma porte, de traverser le couloir jusqu'aux W.C. pour ensuite réintégrer ma chambre. Durant ce trajet, il pouvait surgir et m'affronter. Mon état physique ne me permettait plus d'affronter la moindre altercation. Hélas, je n'avais pas prévu non plus de récipient. Il fallait attendre qu'il sorte de notre appartement, guetter le claquement de la porte d'entrée.

J'écris ce journal dans un quatre pièces devenu une véritable antichambre de l'enfer. Je ne sais pas combien de temps je vais pouvoir supporter cette situation ?

J'écris et j'ai toujours mal au ventre.
Dans ma tête, les questions se bousculent et restent sans réponse.
Quand est-ce que j'ai oublié ou perdu le mode d'emploi d'un esprit clair et ordonné ?
Écrire est ma planche de salut car je veux reprendre le contrôle sur ma vie ou du moins comprendre le piège dans lequel je me trouve.
Relater, écrire encore et encore mon état physique est sans doute un acte de lâcheté visant à me détourner de cette autre douleur, la perte de mes illusions.
J'aimerais penser qu'il s'agit d'un simple mal de ventre, sans cause psychique particulière, alors j'avalerais un cachet ou deux et pourrais reprendre le cours de ma vie. Malheureusement, les médicaments ne m'ont pas soulagée, ils n'ont eu aucun effet, la douleur est restée sans répit.
Ce maudit mal de ventre m'empêche de percevoir mon conjoint comme je le souhaiterais et la vision d'une affreuse personne prend forme. En boucle, je le revois tel qu'il était ce fameux samedi soir. J'aimerais chasser ces images mais son visage défiguré par la colère ne me quitte pas, pas plus que cette insupportable pensée qui lui fait écho : il n'est pas celui que tu crois.

Avant d'aller m'enfermer dans ma chambre, l'espace de quelques secondes, j'ai ressenti dans le hall d'entrée une tension extrême, prête à exploser à tout moment alors qu'il ne s'y trouvait pas.
Je suis stupéfaite et choquée par cette situation qui évoque une guerre civile. Je ne comprends pas ce qui se passe. Combattre celui que je croyais être mon meilleur ami m'apparaît une aberration. Les questions, les émotions, tout se bouscule dans ma tête. Une semaine plus tôt, j'étais heureuse, je l'aimais comme un membre de ma famille. Je crains pour la suite…

De retour de mon atelier d'écriture le mercredi soir, j'aimais lui lire à voix haute mes textes, mais je sais qu'il n'existera plus d'histoires à lui raconter et il est inutile que je m'illusionne sur une vie qui n'a sans doute existé que dans mon imaginaire.

A-t-il seulement été un ami pour moi durant toutes ces années ? N'a-t-il pas été plutôt une lamentable et détestable présence à mes côtés ?

Ai-je cru vivre dans un conte de fées ? Jusqu'à le voir non pas comme un homme avec ses défauts et ses qualités, mais comme un garçon romanesque tel un prince charmant ? J'ai créé ce personnage à partir de sa prestance en société et de ses belles paroles alors que jamais ses actes n'ont été à la hauteur. N'était-ce qu'un sortilège de mon imaginaire, une fable inventée de toutes pièces car il me fallait vivre un amour sans heurts et éternel, illustrant cette phrase, « Et, ils vécurent heureux jusqu'à la fin des temps » ? Pourtant, la réalité était tout autre.

Le charme est définitivement rompu et j'aimerais donc que notre histoire finisse ainsi : « Je rentrerai chez moi, je fermerai ma porte d'entrée et il ne sera plus là, disparu comme par enchantement ou transformé en un hideux batracien. »

Il n'est pas ce qu'il prétend être.

Pour être bien sûre de ne plus jamais croire en ses paroles, je vais rectifier ma fiction et écrire une fin digne d'un conte de fées, un juste épilogue et non une fable fondée sur les croyances d'une petite fille qui n'a jamais pu renoncer à ses rêves. Je prendrai une certaine revanche en m'attaquant tout d'abord à son anatomie : « Le charme étant rompu, il redevint crapaud. Il réintégra son habitat naturel, se croyant encore aussi noble d'esprit et valeureux qu'un prince charmant. Au milieu du marécage, il trônait dans toute sa laideur ; sûr de sa puissance, il se dressait sur ses pattes tout en gonflant la poitrine et en croassant d'aise à l'idée de posséder de belles glandes à venin.

Il devint une attraction repoussante pour les enfants, qui le craignaient mais ne pouvaient s'empêcher de rire devant ses attitudes grotesques.
Lorsque de sa bouche sortaient de grosses bulles vertes comme les bulles d'un chewing-gum visqueux, les petites filles gênées se cachaient pour ne plus le voir, et préféraient partir sans se retourner.
Hélas ! Il resta une fillette qui avait eu le malheur de tomber dans le marécage sans que personne ne le remarque et la vase finit par la recouvrir entièrement. Elle devint aussi laide que le monde qui l'entourait, et finit, comme tout enfant maltraité, à ressembler à l'hideux crapaud. »

Je me souviens d'elle, à une époque très lointaine. Sa petite main, alors, ne pouvait encore atteindre la poignée de sa porte de chambre ; elle ne pouvait s'enfuir.

Chers lecteurs, je vais vous faire plonger dans les eaux sombres de ce marécage où il semble que je me débats encore pour ne pas être engloutie. À nouveau, je me sens prisonnière d'un piège qui s'est refermé sur moi sans que j'aie pu anticiper ma chute. Il y a exactement cinquante-trois ans, je suis tombée dans un abîme occupé par un monstre tout aussi effrayant que ceux que l'on rencontre dans les contes pour enfants.

Lisez ce récit, je vous prie, et faites en sorte de me délivrer de ces eaux stagnantes.

Il était une fois, une petite fille.
Je la revois, c'est moi, cette enfant de deux ans et demi.
Son regard m'absorbe. Personne ne peut m'empêcher de la faire revivre dans ma mémoire. Aucun obstacle ne se dresse entre

elle et moi ; je sais que comme moi aujourd'hui, elle cherchait l'oubli dans l'imaginaire. Une autre de ses facultés était de donner vie aux objets. Il ne fallait surtout pas que les adultes le sachent. Je devais cacher cette attraction physique pour éviter qu'ils s'emparent de ce qu'il m'importait de protéger le plus au monde, ma poupée aux yeux bleus, aux cheveux blonds, courts et bouclés. Pour ne pas éveiller les soupçons, je faisais mine de ne pas me soucier d'elle et lui parlais uniquement à voix basse.
Ma mère et mon père étaient aussi beaux en apparence que les modèles des publicités en noir et blanc des années 60, à la différence que les familles derrière le petit écran étaient heureuses. Voyant le sourire imperturbable de la mère de famille entourée d'enfants sages et soutenue par un mari dévoué, je me posais beaucoup de questions, celle-ci notamment : comment une vie pareille est-elle possible ?
Et devant cette félicité immuable et chaque jour renouvelée, je me demandais encore : où se cache ce monde ? Se trouve-t-il dans l'écran ?
Or, derrière le téléviseur, il n'y avait que des câbles, et l'appareil ne présentait aucune ouverture. Lorsque le poste était éteint, je plongeais mon regard au plus profond du carré noir espérant déceler son mystère. Chaque jour, je souhaitais rejoindre ces personnes et rester auprès d'elles. Je savais qu'elles existaient quelque part puisque les adultes avaient des traits physiques communs avec ceux qui m'entouraient et les enfants étaient semblables à moi et avaient, comme moi, des parents.
Je désirais déjà m'enfuir mais je ne savais comment faire pour rejoindre ce monde où chacun prenait soin des autres.
J'ai grandi bien sûr, et compris que ces gens n'étaient que des acteurs dans de fausses vies.
C'est peut-être ce que je sais faire de mieux, échapper à la réalité et imaginer ma vie comme une fiction.

Écrire à tout un tas d'amis inexistants et les imaginer éprouver des émotions à la lecture de mon journal intime... Encore des mensonges !
Stop...

Chut ! Il se rapproche.
J'ai peur, ne plus bouger, arrêter mes doigts sur le clavier, ils frappent trop fort, ça pourrait lui donner envie de m'espionner à travers la porte.
Que vais-je devenir ? Je sens la folie me gagner et elle est autant menaçante que lui.
Que faire ?

Il est temps que je sorte de ma chambre sinon ma peur de l'affronter va prendre le dessus.
J'ai un plan ; il me semble moins pire que cet enfermement qui, de toute façon, ne peut pas durer indéfiniment.
Je me sens capable de prendre du recul car je sais que notre relation est en fin de vie. Mon projet est de devenir une rédactrice planchant sur ce sujet : la relation affective en crise aiguë.
Comme il s'agit de ma vie, je crains que l'exercice ne soit difficile ; la tâche est ardue, il faudra tenir longtemps pour recueillir le plus de matière possible. Je pense que quatre semaines seront nécessaires. Alors il sera à bout de forces et décidera de rompre avec celle qui l'aura poussé dans ses derniers retranchements.
Je vais pousser le vice à son maximum, jusqu'à faire corps avec mon sujet, c'est-à-dire, avec lui.
Quoi de mieux que de vivre aux prises avec ses insupportables manières à mon égard, sachant qu'elles sonnent le glas de notre relation ?
Le contenu et la chute seront évidemment dramatiques. Je ne peux rien espérer d'autre avec cet homme qui partage encore

ma vie. Mais au moins deviendra-t-il un atout littéraire, et j'apprendrai à gérer ma colère afin de réussir cette mission que je me suis donnée.

Il y a beaucoup d'inconnues, mais l'important est de ne pas perdre mon éthique, je n'outrepasserai jamais certaines règles.

Pour ne pas flancher, car il est vrai que cette situation me dégoûte moralement, j'ai convoqué celle qui ne peut pas comprendre toute la méchanceté du monde parce qu'elle n'a que deux ans et demi. Il peut bien être d'une cruauté sans faille, elle, elle gardera son innocence. J'écrirai en me souvenant de ses rêves pour ne pas m'abimer.

Cette expérience humaine sera particulièrement lourde ! L'aspect émotionnel est primordial et je vais devoir conserver ma lucidité alors même qu'un cataclysme va s'abattre dans tout mon être.

Mon but est de tenir ce journal de fin de relation, dans la plus grande objectivité et sans m'effondrer car je souhaite aussi comprendre ce qui se déroule jour après jour entre lui et moi.

J'ai été fascinée, à onze ans, par la dissection d'un crustacé, je m'en souviens encore comme d'un cas d'école majeur, et de toute ma scolarité, c'est ce cours que j'ai retenu, et qui hante encore mon esprit.

J'ai vu l'intérieur étrange et complexe de l'animal avec ses multiples croisements.

À présent, je souhaite disséquer jour après jour mon couple agonisant jusqu'à sa mort définitive et retrouver la même fascination morbide, mêlée de dégoût et de joie malsaine.

Après la dissection pourtant, je n'ai pas abandonné l'idée de découvrir la face cachée d'un monde mystérieux, car jamais la grosse crevette ne m'a dévoilé le moindre indice sur la question de la vie et de la mort. Notre professeur de sciences avait énoncé

des mots pour désigner les organes mais accéder à l'intérieur de ce corps mort ne m'avait pas suffi, pas plus qu'à présent quand j'observe mon couple et mon conjoint. Car sous son épiderme, derrière ses apparences, cet homme dissimule une personnalité contraire.
Dès demain, je décortiquerai sa folie. Je le provoquerai sciemment, connaissant son impulsivité maladive. Ce n'est pas sans risque mais j'espère qu'il perdra complètement le contrôle et ainsi, je lui demanderai de quitter les lieux sans qu'il puisse me supplier de lui pardonner.
En réalité, je suis toujours devant cet abdomen sacrifié, je reste en ne sachant que faire sinon ne pas comprendre... Pourquoi une classe entière de vingt-huit élèves avait eu besoin d'ouvrir bêtement, avec de gros rires stupides et un petit scalpel cruel, vingt-huit ventres sans défense ? Je m'étais sentie seule et triste.

Que m'arrive-t-il ?
Je voudrais qu'il me laisse en paix, je ne veux pas être celle qui sera sacrifiée aussi facilement qu'un insecte de mer.
Je réalise peu à peu, comme échappée d'un film, que je pensais connaître, moi, l'actrice principale de ma propre vie, des souvenirs qui me heurtent au plus haut point.
En me remémorant nos scènes de ménage je réalise que se jouait un huis clos effrayant.
Le portrait qui émerge de celui que j'aimais est désastreux. Il me fait penser à un enfant immature, incapable d'affronter la moindre frustration jusqu'à devenir maniaque et tyrannique.
Toutes sortes de bruits et d'odeurs le dérangeaient. Parfois c'était ma voix. Plus souvent, ma présence physique. Bizarrement, un matin ce fut la forme de mes bras, ils ne lui plaisaient plus. Pourtant, il s'agit de simples bras, qui n'ont rien de particulier, ils ne sont ni gros, ni maigres.

J'étais devenue un objet rebutant, à tel point que j'avais l'impression d'être une femme qui, les jours passant, se démultipliait comme une espèce d'insecte proliférante, un genre de nuisible qu'il fallait combattre.
Ses accès de colère étaient de plus en plus fréquents.

Je réalise avec stupeur que le quotidien en sa compagnie n'a été qu'une suite de déconvenues. Comment, dès lors, partager avec vous ses attitudes outrancières sans vous lasser ? Car à vrai dire ce personnage est inintéressant.
Je ne souhaite pas retranscrire notre quotidien domestique sans attrait et j'imagine que vous n'aimez pas plus que moi la médiocrité ! Une solution serait d'enrichir mon récit par de nombreuses figures de style, ainsi nous échapperions à ce déficit de qualité.

À votre avis, dans quelle partie d'un logement ont lieu les plus redoutables passes d'armes domestiques ?
Avec ses nombreux objets tranchants, c'est évidemment la cuisine, lieu du crime métaphorique parfait !
Donc, la cuisine…
Tous les jours, sur la table à manger, une soupe réchauffée dégageait une odeur de soufre. Et c'était moi, la responsable de ce breuvage aigre, moi, l'exécrable cuisinière avec ses vilains bras telles deux excroissances ne servant qu'à le rendre malheureux.
Aujourd'hui, privé de ma présence dans cette pièce, il n'a pas pour autant renoncé à s'en prendre à moi…
À 17 heures 23, il a vociféré derrière ma porte fermée à clef.
Cette séparation en bois n'a pas suffi à étouffer le bruit de ses mots féroces, j'ai dû insérer profondément une paire de bouchons d'oreille pour ne plus l'entendre. Au bout de onze minutes exactement, il a fini par abandonner, je l'ai entendu sortir

de l'appartement en claquant la porte. J'en ai profité pour me rendre aux W.C.

Je suis une recluse attelée à la transcription d'une crise conjugale majeure. Ma situation est tragique mais tellement banale. Des millions de couples se déchirent, se séparent, se réconcilient, se donnent une deuxième chance, une troisième, une quatrième et plus encore...
Auparavant, je le croyais lorsque, au pied du mur, il promettait de changer. Mais à présent, je sais que seule l'idée de la séparation le préoccupait ; sa mine repentie n'avait rien à voir avec une quelconque prise de conscience et sans doute moins encore avec un sentiment de culpabilité. Il m'écoutait en prenant un air étonné comme un enfant pris en faute, ignorant sa bêtise. N'avais-je pas réinventé ses dires, se pouvait-il qu'il ait prononcé les paroles blessantes que je lui reprochais ? Visiblement, je ne mentais pas, j'allais le quitter, il reconnaissait alors son déplorable comportement sans doute par peur de rester seul. Il s'excusait platement, le corps replié sur lui-même, faisant allusion à son passé et je lui pardonnais comme une sœur de combat.

Je connaissais son enfance, c'était aussi la mienne...
Aujourd'hui, je me fous de ses blessures.

Il finira par m'envoyer à l'hôpital ou pire à l'asile psychiatrique, là où, justement, il a si souvent estimé qu'était ma place. Son orgueil démesuré lui murmurera alors qu'il avait bien raison de le penser et que de surcroît, il était un homme juste, soucieux de ma santé et des conséquences de mon comportement.

Je suis choquée par la tournure que prennent les évènements, et dans ma tête résonnent ses mots cruels ; leurs échos me font souffrir, ils me martèlent le crâne comme un châtiment, je ne puis m'en défaire.

Je vendrais presque mon âme au meilleur des baratineurs afin qu'il me persuade qu'il n'est rien de blessant dans ses paroles mais surtout qu'il efface de ma mémoire, la sombre brute vociférant derrière ma porte.

Hélas, il n'y a que moi, personne n'est là pour me convaincre du contraire.

Pourtant, je refuse de croire à sa cruauté.

Laissez-moi rêver encore un peu, mes chers lecteurs, sublimer cet homme à la double personnalité.

Comprenez-moi, je me suis construite durant des années au diapason de l'illusion.

La bête doit agoniser et ne pas mourir subitement. Sinon, elle m'entraînera dans sa chute. Du fond de mon cœur, je souhaite lui redonner un peu de sa beauté perdue. C'est une prière, une dernière faveur que je souhaite ardemment, juste une ultime illusion avant qu'il ne sombre dans mon sentiment de total dégoût. Je ne puis me résoudre à cette fin, elle a le goût du néant.

Laissez-moi donc vous raconter une autre histoire et ensuite, je me confronterai à la triste réalité.

Le bel oiseau était à l'agonie.

Il avait perdu sa splendeur et sa dignité dans des soubresauts désordonnés.

Le palmipède était un méchant volatile, malgré son aptitude à lisser l'eau de sa blanche présence. Son allure altière n'était que le reflet de son orgueil démesuré. Lorsque je le compris, le charme cessa et je vis sa véritable nature. Son âme était sombre, elle l'enveloppa d'une boue grisâtre. Il essaya de paraître celui qu'il n'avait jamais été. Mais il est en fait resté un vilain petit canard, de sa naissance jusqu'à sa mort…

J'ai vu ses yeux emplis de haine, la haine l'a submergé tout entier, faisant de lui son instrument. Il n'aurait servi à rien de lui expliquer ce changement physique, il fallait le laisser tel qu'il était en réalité. Je devais avoir le courage de regarder le poison de son âme afin de me persuader de la véracité de l'intention dans son regard, car il était en train de me détruire jour après jour tout en me parlant d'amour.
Je le laisserai partir avec mes illusions puisque je ne veux pas mourir. Privé de ma présence, il naviguera sur ses eaux sombres et, ayant gagné le large, il me criera encore des insultes. Du rivage, je le verrai se rétrécir, devenir une petite chose insignifiante, qui s'agitera mollement et plouf ! Il disparaîtra… Et enfin, je sortirai de cette vase visqueuse, les deux pieds sur la berge et je courrai loin de ce marécage comme toutes les autres petites filles.
Je le laisserai à son sort car il est dangereux de croire qu'il puisse être un cygne flamboyant. Et je dois me souvenir que ses plumes ont toutes été des armes meurtrières, à l'aspérité tranchante, elles m'ont atteinte jusqu'à briser mon cœur en mille morceaux. Je n'ai plus eu la force de rassembler mon cœur brisé, à quoi bon s'échiner à rêver d'unité à partir de mensonges ?
Je l'ai vu sale avec cette boue collante qui sortait de sa bouche. Il était laid. Je ne l'aimais plus.
Étonnée, sans voix, j'ai cherché une répartie, une seule aurait suffi !
Je suis restée muette, les secondes sont passées et le mot « maniaque » a surgi dans ma tête sans logique, ce mot semblait absurde. Il est sorti de ma bouche uniquement pour ne pas me retrouver ensevelie sous sa colère.

Ce fut notre dernière dispute, celle qui m'a délivrée de ma prison d'incompréhension.
Pendant des années, j'avais essayé de le comprendre et, lasse de ne trouver aucune réponse, la rage avait surgi aussi subitement que ma prise de conscience.

Je me déteste lorsque je perds le contrôle, j'ai l'impression d'être lui. Après chaque scène, ma plus grande peur était de lui ressembler. Et un peu plus chaque jour, je sentais la colère grandir, elle ne me quittait plus et mon cerveau limbique s'enclenchait à la moindre occasion, sans motif réel, même lorsque je n'étais pas en sa présence. Je devenais son double, je possédais ce même trop plein d'adrénaline, l'hormone de notre folie commune.
Mais je refuse de devenir ce personnage, cette folle qui ne pense qu'à batailler comme si sa vie en dépendait.

Comment le chasser de mon appartement sans chaos ?
Je n'ai pas le choix, je dois gagner ma liberté.
Je vais devoir l'affronter et lui faire suffisamment peur afin qu'il parte au plus vite et tant pis pour la littérature, je ne vais tout de même pas faire durer cette situation invivable pour vous, chers lecteurs de mon imaginaire.

Mercredi 5 septembre

En l'espace d'un jour, une transformation radicale s'est opérée, je me sens comme un agneau apeuré prêt à être dévoré par un loup vivant à quelques mètres de mon abri illusoire, derrière une simple porte. Il peut agir à sa guise tandis que je reste sagement assise devant mon ordinateur.
Je suis terrifiée…
Mais il suffirait que je change de peau, celle d'un carnassier me conviendrait mieux et ainsi je pourrais foncer sur cette proie qui circule librement dans tout l'appartement. Au moindre prétexte, je me jetterais hors de mon refuge et délibérément, je m'adresserais méchamment à lui, jusqu'à ce qu'il regagne sa chambre et me ferme sa porte au nez et comme lui, je continuerais à vociférer derrière cette cloison qui n'empêche rien.
Les rôles n'ont qu'à s'inverser car je n'ai pas l'âme d'une victime expiatoire.
Je sens monter en moi les germes de la guerre, comme si la guerre était l'unique moyen de ne plus être prisonnière de ce piège formé par nous deux. Mais alors, je laisserais mes émotions prendre le dessus et une fois de plus, la situation m'échapperait complètement.
Comment faire, alors que je sens monter en moi une rage phénoménale ? J'ai besoin d'un plus grand espace, c'est vital ! Deux loups enragés en cage ne font pas bon ménage surtout quand l'un d'entre eux se voit acculé tout au fond d'une tanière étroite.
Je sais que je vais devoir agir autrement pour ne pas devenir cette personne cruelle et malsaine, qui n'a qu'une envie, détruire l'autre et en jouir.
J'ai donc décidé, chers lecteurs, de jouer un mauvais tour à cette confrontation qui semble de plus en plus proche et inévitable.
Le crime chez moi est souvent prémédité et plus perfide qu'il

n'en a l'air. Je vais donc sortir de ma chambre avec un air joyeux, en habits de sport coloré, munie d'écouteurs sur les oreilles, je vais danser et je l'imagine déjà, me regardant partir d'un air fâché et décontenancé.

J'irai courir pour expulser ce mélange de haine et de peur.

N'est-ce pas la meilleure façon de le désarçonner, cet homme qui circule à loisir et librement ? N'est-ce pas une bonne méthode pour désamorcer cette peur qui m'agite à l'intérieur ?

Soyons honnête, je sais qu'il sera encore plus furieux de me voir ainsi et cela me réjouit.

Un pas de danse et deux de course à pied…

Si vous êtes une femme et que vous n'habitez pas un pays où la danse fait partie du patrimoine culturel, vous devenez une attraction sexuelle et certainement que dans toutes les parties du globe, vous l'êtes de toute façon dès que vous prenez certaines libertés.

Évidemment, j'ai eu droit à des regards masculins concupiscents et me suis aussitôt remise sur une ligne droite, mes foulées bien ordonnées.

Il y a aussi eu des regards interloqués. Mais qui est cette folle en train de danser seule sur le trottoir tout en courant ? Certainement une menace dont il faut s'écarter au plus vite.

Évidemment ! Je les comprends.

Sachez chers lecteurs que j'ai tout de même fait en sorte de ne pas troubler l'ordre public.

Et notez ceci : je vous recommande de pratiquer la danse plutôt que la guerre, elle apporte un grand soulagement – certes de courte durée. Je devais pourtant le faire avant de retourner m'enfermer dans ma chambre et réfléchir à la horde des cyniques qui m'avaient avertie que les vieux couples étaient tous pathétiques.

En courant, m'est venue la conviction que je devais retranscrire la chronologie des évènements de ces dernières semaines tout en relatant les faits du quotidien, ce qui me permettrait de prendre un certain recul émotionnel.
Dans l'immédiat je n'ai pas les moyens de déménager. Il faut savoir faire preuve de ressources lorsque le bateau coule et qu'on ne possède pas de canot de sauvetage. Oui, pour de belles scènes de ménage et qu'il me rende donc créative, ce naufrage en tandem ! Une scénariste n'est-elle pas avant tout adepte des bonnes histoires, y compris de la sienne surtout si sa vie va à vau-l'eau ?
Je me considère comme son égal car je suis émotionnellement très instable. Au service de la narration, ma fragilité pourrait s'avérer intéressante.
Et finalement, je le trouve amusant ce loup gesticulant d'énervement devant mes pas de danse.
J'ai marqué une victoire, il s'est enfermé dans sa chambre.
Une trêve temporaire s'est installée entre nous.

Nous sommes deux carnassiers et lorsque nous nous croisons, la tension est palpable, nous nous saluons très brièvement. Pas d'échange, donc pas de confrontation.
C'est reposant mais pas du tout captivant comme premier acte.

Jeudi 6 septembre

Aujourd'hui, il est sorti de sa chambre à 12 heures 45 avec un gros gilet hivernal, il faisait 26°C. Il n'était plus un loup mais un ours emmitouflé, et cet ours sorti de sa grotte-chambre après une longue hibernation matinale ne savait pas qu'à l'extérieur existait un magnifique soleil éclatant de lumière et que cet astre prodiguait sa chaleur à tous les organismes vivants, sauf à lui.
J'ai volontairement gardé ma voix enjouée pour les salutations d'usage, comme si ma vie était formidable. Juste pour le faire « chier » (je ne me mets pas toujours au service de la grande littérature). Je glisse sur son bonjour éteint sans aucune culpabilité, car celle-ci a toujours causé ma perte.
Ma devise aujourd'hui : faire semblant d'être heureuse, car je souhaite bien évidemment l'énerver davantage.
Mais il est devenu un fantôme, un pauvre hère sans énergie, il n'est sorti de sa chambre que brièvement. Puis, en début d'après-midi, j'ai entendu la porte d'entrée claquer bruyamment. Il est revenu à 23 heures très discrètement, et a immédiatement regagné sa pièce.
Je n'ai plus d'histoire à raconter, mon sujet est plus mort que vif. Sans doute attend-il que je le réveille ! Que je m'inquiète de son état et que je le console de sa si misérable existence.
Je ne vais donc pas pouvoir écrire sur du rien, le néant semble l'habiter.

Mardi 11 septembre

Cinq jours de passés. Mon plan a échoué. Je ne suis pas cette fille calculatrice et insensible. Je ne suis pas celle qui étudie une scène de crime avec un détachement professionnel.
Avant-hier, j'ai fui plus loin que ma chambre, je suis partie au petit matin avec une valise préparée en catimini la veille. Derrière sa porte de chambre, il dormait et je craignais de faire du bruit. J'ai posé ma lettre de rupture à côté de la cafetière avec les deux billets de train qui devaient nous emmener au lac Majeur pour un séjour d'une semaine réglés deux mois auparavant, et payés de ma poche. J'ai écrit dessus : « Merci pour ce merveilleux sabotage. » J'ai ajouté, plus rageusement : « Ceci est mon cadeau de rupture. »
J'étais euphorique et je pensais, en attendant un taxi, que ma vie allait être excitante à la mesure du sentiment de délivrance que j'éprouvais. J'aurais pu lancer des cris de joie et de victoire car je l'avais fait, j'avais osé le quitter.
J'étais libre, je me sentais extrêmement forte.

Hélas ! Aujourd'hui la douleur m'a rattrapée autant que les kilomètres qui me séparent de lui, et cette distance est un déchirement. J'ai beau savoir que « dégueulasse » est le qualificatif qui lui va le mieux, j'ai mal ! Il n'est plus en mesure de me faire souffrir et pourtant je souffre de l'avoir perdu, lui, cet homme « dégueulasse ».
C'est un sentiment étrange, une chose que je ne peux pas comprendre... Un évènement inqualifiable s'est produit et je ne sais pas où le ranger, dans quelle case le placer dans l'échiquier de ma subite et nouvelle vie.
Ai-je perdu et tout à la fois gagné ?

Ce jeu de dupes est une tragédie ridicule car en sept jours, on ne joue pas sa vie au dé.
Et c'est moi, l'instigatrice qui, guidée par un instinct de survie, aurait décidé de rompre ! En fait non, j'avais obéi à une force extérieure qui m'avait transcendée, elle s'était adressée à moi comme une évidence puisqu'elle avait franchi directement tous les obstacles physiques. Une interaction sensorielle m'avait transmis une phrase qui s'était inscrite en moi aussi sûrement qu'un oracle divin :
« Si tu ne le quittes pas maintenant, tu ne le quitteras jamais. »
Par le passé, j'avais déjà expérimenté malgré moi ce mode de communication, la télépathie, son origine demeurait inconnue, elle ne se manifestait que rarement, toujours dans les moments où ma vie était en passe de prendre un tournant décisif. Je savais donc qu'il fallait obéir, car quelle que fût la nature de cette entité, celle-ci pouvait directement atteindre mon esprit. J'en déduisais qu'il s'agissait d'une puissance supérieure. Le message entendu m'avait amenée à croire que la situation se réglerait en un rien de temps, et dans de bonnes conditions, c'est-à-dire sans souffrance et sans désagréments majeurs.
Quelle naïveté !
Je lui ai laissé un délai de deux mois, pour lui donner le temps de trouver un autre logement.
Je me retrouve donc à la rue et lui occupe mon appartement…
À présent, il n'y a plus de voix, je suis seule, avec seulement le souvenir furtif d'avoir entendu un message de l'au-delà.
Devais-je y croire ?
Ou était-ce encore le fruit de mon imagination débordante ?

Exilée avec une simple valise, j'étais choquée d'être encombrée de si peu – des vêtements, mon ordinateur ainsi que quelques livres. J'avais l'impression qu'il ne restait de nos quatorze ans de vie commune que ce seul bagage que je trimballais. Je me sentais légère et lourde à la fois. J'avais l'impression de naviguer au bord d'un précipice, je pensais ne pas tomber en le quittant, pourtant je vacillais loin de lui. À certains moments, je m'imaginais dans la peau d'un Touareg… L'idée de vivre une vie nomade m'exaltait puis la réalité me rattrapait et le sentiment d'incompréhension me gagnait. Moins de deux semaines auparavant, j'envisageais mon futur comme la suite logique de ce qui nous unissait depuis plus d'une décennie, notre amour. Ce changement était trop brutal pour mon esprit comme pour mon corps. Je sentais ma conscience trembler comme au premier jour, comme en ce fatidique samedi, et aujourd'hui j'ai réalisé que mon cerveau était une gelée inconsistante qui ne m'était d'aucun secours.

Je suis comme liquéfiée de la tête aux pieds, je sais marcher, parler, répondre et me comporter comme avant et pourtant, je ne m'appartiens plus. Je répète ce que les habitudes m'ont appris, j'ai la mémoire des mots et des gestes mais il me faudrait être plus que cette machine déréglée amputée de sa fonction essentielle, la faculté de réfléchir.

J'ai besoin d'analyser ces derniers jours de crise comme les signes annonciateurs de ma fuite hors de mon domicile. C'est une décision que j'aurais souhaité avoir anticipé avec sagesse. Mais il n'en n'est rien ! Dormir sous un pont m'avait paru bien plus supportable que de rester ne serait-ce qu'un jour de plus en sa présence.

J'aimerais comprendre la débâcle de ma vie en trois paragraphes lisibles, avec un début, une suite logique et une conclusion pour en finir au plus vite avec ma douleur.

Imposer le mot « fin », mettre un bon pansement compressif sur ma blessure béante.

Enfin, que je puisse retourner à l'état d'excitation et de liberté du jour d'avant, de ce jour qui me semblait sans faille et entaché d'aucune hésitation.

Malheureusement, ma fuite n'a plus le goût de la victoire. Je suis stupéfaite de ce qui m'arrive, de devoir quémander une place pour dormir quelques nuits hors de chez moi. Je me sens lourde, emplie d'amers constats qui me montrent à quel point j'ai été crédule !

À défaut de pouvoir m'expliquer ma grande naïveté, je vais vous raconter, chers lecteurs, ce qui s'est passé. Ce faisant, j'espère comprendre dans quel piège je suis tombée. Je ne pensais pas souffrir d'une infirmité, force est pourtant de constater mon aveuglement.
Je me sens responsable, coupable même d'avoir cru cet homme lorsqu'il s'autoproclamait romantique.
Il était fier de sa supériorité d'âme, qui allait de pair avec une moindre virilité, et il se targuait de son extrême sensibilité, comme s'il s'agissait la marque de fabrique d'un être masculin rarissime. Il se voyait comme un homme abouti. Il expliquait que les rapports de force qu'entretenaient la plupart de ses semblables avec le sexe opposé le révulsaient. Les hommes n'avaient pas ses faveurs, il préférait la compagnie des femmes pour leurs qualités intrinsèques et toutes mes amies voyaient en lui sa charmante part féminine. Dans la société de filles qu'il fréquentait, sa voix était toujours douce et son regard bleu était un lac calme et limpide. Il savait gommer toute trace d'humeur. Chers lecteurs, vous comprenez mieux ma sottise. Je peux aisément vous démontrer aussi qu'il est très facile de se faire piéger par les apparences. Surtout lorsque, autour de vous, tous plébiscitent les valeurs et vertus de votre conjoint.

Je ne me reconnais pas pourtant dans le portrait de cette femme amoureuse car je la juge niaise. Je déteste le goût des guimauves insipides aux molles couleurs, je n'ai pas la larme facile et je n'aime pas les comédies romantiques, elles m'ennuient profondément. Je tiens à préciser que je suis très fâchée d'avoir prêté foi à ses promesses d'amour. J'ai l'impression d'avoir collaboré à un de ces films grotesques, de m'être fondue corps et âme dans le rôle de la femme infantile et crédule à souhait.

À mon corps défendant, ce « gentleman » m'a trompée à force de paroles canines et avec ses yeux de cocker amoureux. Il était un parfait acteur avec sa paire d'yeux innocents. Personne n'aurait mis en doute la sincérité de ce regard attachant, vous pouvez me croire ! Et je l'ai cru, lorsqu'il a prononcé cette phrase : « Il faudra que tu te fasses à ma calvitie et à mes rides parce que je compte rester très longtemps avec toi. »

Quelle parole charmante dans la bouche de ce pseudo enfant de chœur... Il l'avait prononcée sans façon, comme il aurait parlé de la pluie et du beau temps. Cette déclaration, à brûle-pourpoint, m'avait surprise car nous étions silencieux, en train de regarder un film.

Ses belles et surprenantes paroles sont devenues mon ordinaire. C'était un vrai prince charmant qui inspirait confiance.

Imaginez « un gentil garçon » mettant en avant ses futurs défauts physiques : alors les miens ne compteraient pas non plus dans la balance du temps, je resterais la même à ses yeux. Ce scélérat m'a fait croire à la beauté éternelle. Plus de soucis, oublions que les femmes mûres sont au mieux de vieilles casseroles pour faire de la confiture. Visualisez toutes ces rides parcourant de bout en bout un corps... Les bons chaudrons de cuisine cabossés, rouillés, lourds et moches donneraient donc un meilleur goût à la soupe comme à la confiture. Quelle joie de savoir que les marmites-mamies valaient autant que des ustensiles plus jeunes ! Des ustensiles dont les soucis de peau ont été gommés avec la fin de l'adolescence, pour ne laisser qu'un épiderme lisse et éclatant. Je pouvais donc en toute tranquillité ne plus me soucier de la perte de mes avantages physiques. Ce prince charmant m'adorait, ma vie était simple, je n'avais plus à avoir peur de l'avenir.

Il m'a non seulement endormi l'esprit par ses paroles, mais il a été plus fort encore avec ses mains. Le romantique étreint le corps de l'autre comme le croyant entre en procession dans un temple sacré. Il m'avait convaincue, j'étais sa déesse que je sois habillée ou nue. Mais quelle femme au monde, dites-moi, n'aimerait pas être vénérée physiquement par un homme ?

Malheureusement, une femme-objet ne résiste pas au temps qui passe. Il n'exprimait pas ouvertement ses frustrations, pourtant elles hantaient notre quotidien comme un écho menaçant ou une ombre pesante. Lorsque je circulais dans notre appartement, je laissais une empreinte derrière mon sillage, elle ne se voyait pas, ne se discernait pas. Et j'entendais ses reproches avant qu'il ne les prononce, avant que ne sorte de sa bouche le moindre mot. Les tyrans domestiques ont tous un point commun : ils s'attaquent à des détails. Lui fabriquait des montagnes aux sommets instables à partir de broutilles et ses réprimandes avaient la force d'une avalanche, engloutissant toute forme de vie. Une porte mal fermée et le drame survenait.

Je suis devenue son petit paillasson blond.

Dans notre appartement, mes pas lui étaient insupportables comme les portes que ma main fermait, les placards que j'ouvrais, la chasse d'eau que je tirais, le robinet qui fuyait après mon passage. Toute une vie ordinaire, la mienne qui lui signalait ma présence comme une agression physique. Cet homme m'avait idolâtrée pour mieux me détester plus tard, et dans sa sombre vision, je devenais celle qu'il fallait détruire.

Ma vanité m'avait empêchée de comprendre qu'il me faudrait constamment alimenter la flamme de ce garçon immature sous peine d'être jetée comme une vulgaire marchandise périmée.
Je pense aujourd'hui que cette « sublime histoire d'amour » n'était que l'invention de deux esprits malades, elle a donc fini en un sordide règlement de comptes.
Être lucide est une question de survie.
Je sais que lui ne pourra pas renoncer à ses illusions de toute puissance car comme tout bon romantique, il ne veut pas grandir.

La liberté a un prix, celui de savoir s'extraire de tous les pièges virtuels.
Ce soir, je dors sur un canapé, je suis invitée à rester là quelques jours seulement.
Et après ?

Mercredi 12 septembre

Les ruptures affectives sont de grandes consommatrices d'énergie. Le futur n'existe pas, n'existe que le présent et le présent, c'est ressentir perpétuellement de la colère ou de la tristesse, ou les deux à la fois.
Ma rupture marque la fin de toutes mes certitudes, mais je refuse cet écroulement.
Je coule tout en refusant le naufrage, incomparable au commencement, à ce moment où je n'avais qu'une envie, celle de proclamer au monde entier mon amour pour cet homme. À des inconnus dans la rue, j'aurais aimé clamer haut et fort comme une victoire : « Je suis amoureuse ! » Évidemment, je m'étais contentée de l'annoncer à mon cercle d'amis.
Je ne peux rien leur raconter aujourd'hui, mes amis sont devenus ses amis à lui et réciproquement. Si je parlais, je risquerais de provoquer des réactions désagréables, comme, peut-être, l'envie de le défendre afin d'échapper à ma colère. Les affaires de couples ne sont jamais simples, et personne ne pourrait arguer du contraire, n'est-ce pas, chers amis lecteurs ? Vous savez certainement comment échapper à certaines prises de position délicates. L'hypocrisie a justement été inventée pour ce genre de situations. Être pris en sandwich entre deux feux vengeurs, c'est inconfortable et personne ne souhaite se fâcher avec ses amis. La solution, vous la connaissez certainement, c'est la neutralité. Néanmoins, vous ne paraîtrez pas crédible si vous n'y mettez pas un minimum de passion car la neutralité va avec le ton dogmatique, ce qui aura pour effet de prolonger la discussion que vous aimeriez abréger au plus vite. Concéder un minimum de tort à l'un ou à l'autre, suivant à qui vous aurez affaire, vous soulagera d'un interminable échange.
Croire que nos amis soient capables de mettre en place une telle

stratégie est tout à fait possible et compréhensible, mais cet état de fait me révolte au plus haut point et m'empêche de m'épancher auprès d'eux. Donc la parité, le 50/50 n'est qu'un calcul mental incompatible avec le besoin de justice qui anime celui qui souffre. Le 100 %, il n'y a que ce résultat que je puisse entendre, il est responsable de notre situation, et ce n'est pas discutable. Ce scélérat n'a pas commis de crime majeur, il ne m'a ni trompée, ni frappée et je ne peux pas lui reprocher de m'avoir insultée puisque je l'ai fait également. Je reste donc muette, et mon envie de révéler son insanité est si grande que j'aimerais la prouver au monde entier.
Devoir convaincre certaines personnes tout en me justifiant de ma bonne foi est une option inenvisageable. Je suis si furieuse de m'être trompée que mon irritabilité transparaîtrait dans chacune de mes paroles le concernant et donc je ne convaincrais personne. De toute façon, mon état actuel ne me permet que l'injure. J'aimerais pouvoir faire entendre l'inexplicable par ces simples mots : « C'est un sacré fils de pute ! »
Le fait que je connaisse très bien sa mère me freine également. Néanmoins, j'aimerais sans la moindre politesse proclamer haut et bien fort que son statut de gentil garçon n'est qu'une supercherie et le désigner tout simplement par ce qui le caractérise vraiment : « C'est un gros salopard ! »

Chers lecteurs, considérez-le comme moi je le considère...
Son visage est comme je vous l'ai décrit, celui d'un gentil garçon et à dessein, il s'est rajouté un air malheureux, complétant son personnage de parfaite victime.
L'aigreur me saisit lorsque je me trouve avec nos connaissances, je sais qu'ils l'écoutent longuement lorsqu'il s'épanche auprès d'eux. Il se dit dans la plus totale incompréhension, je suis partie et il aimerait comprendre ce qui m'a amenée à prendre

une telle décision alors que nous nous aimions sans un nuage à l'horizon. Et moi, femme insensible, je me permettrais de l'injurier devant ces mêmes personnes qui essaient tant bien que mal de comprendre. Mais qu'est-ce qui m'a pris de le quitter puisque nous formions un si beau couple ?...
Alors, mon style brut, je le garde pour moi car comment expliquer quatorze ans de mensonges et pire encore, essayer de persuader ses nombreux consolateurs qu'ils sont stupides de perdre leur temps à l'écouter pleurer sur son sort ? Que derrière les apparences se cache une autre vérité qui ne peut se partager ? D'ailleurs combien sont-ils en réalité à vivre dans l'illusion, nos chers amis ?
J'ai été la première à croire à ma belle histoire d'amour.
Nous étions un merveilleux couple lorsqu'il y avait un public, un exemple à suivre, lui, l'homme réservé, et moi, la figure active. Nous formions un parfait modèle de complémentarité. Bien sûr, nous étions également de belles personnes, authentiques, profondes et aucunement superficielles, à tel point que nous refusions d'afficher notre bonheur conjugal sur les réseaux sociaux contrairement à tant d'autres. Nous nous félicitions mutuellement de notre disposition à cette simplicité du cœur. Nous savions nous faire discrets avec nos si nobles valeurs.
Encore une dose de discrétion pour ne pas déranger le monde tranquille dans lequel les gens nous aimaient car sans doute, il ne faut pas si rapidement les décevoir.
J'étais légère et lui plus sérieux, nous riions souvent et nous plaisantions gaiement avec nos connaissances. On nous croyait indivisibles, ancrés dans une union complice, nous étions un binôme inséparable, deux amis parmi nos amis.

Je sais souffrir en silence, la douleur ne m'est pas étrangère, c'est une vieille connaissance qui ne m'a jamais vraiment quittée.

C'est devenu un plat ordinaire et c'est sans doute la raison qui m'a fait aimer cet animal blessé. Celui-là paraissait très doux par rapport aux autres, plus féroces, que j'avais connus. Je pensais le canaliser comme un chien muni d'une laisse au cou. Cependant, je devais sans cesse le retenir pour éviter qu'il franchisse les limites du savoir vivre ensemble. Il était docile un certain temps et puis, il reprenait ses mauvaises habitudes et alors, je le laissais seul. Je m'exilais hors de son champ de bataille. Parfois, il dérapait trop fort comme ferait un véhicule sans direction et l'allonge de la laisse ne suffisait plus à le retenir. Je finissais, acculée, sans autre possibilité que de faire un choix radical. Et la peur de l'abandon le rendait à nouveau discipliné et platement il s'excusait, me promettant de changer.
Il a fini par m'épuiser et j'ai donc lâché la bride et toutes ces invisibles chaînes qui nous ont liées durant quatorze ans.

En l'espace de quatorze jours, pas plus ! il est devenu incontrôlable, montrant une redoutable agressivité.
Il avait donc régressé, il était redevenu cet enfant brimé et maltraité mais enfin libéré de sa tutelle.
C'était sa revanche sur son passé, un passé qui ne me concernait pas. Avec sa grande émancipation, il devenait le maître de sa vie, ne supportant plus la mienne. Une fenêtre ouverte lui permettait de vociférer. Un brin de romarin disparu et le voilà prêt à en découdre. Un steak qui sentait trop à la cuisson et il était hors de lui, hors de tout contrôle. Et enfin je compris sa fameuse « petite phrase » si souvent prononcée, elle me semblait aussi inoffensive que lui et je la considérais comme un compliment :
« Je ne sais pas comment tu fais, mais tu arrives toujours à te faire respecter ! »
Et ensuite, il ajoutait sa tirade du « parfait romantique » en signe de conclusion heureuse :

« J'aime les femmes comme toi qui ont du caractère. »
Mais ne croyez pas, maintenant que vous connaissez mes impressions, qu'il a été une douce compagnie durant toutes les années de notre vie en commun, qu'il a été un ami, comme vous à qui je livre toute ma vie dans ce récit.
J'avais finalement compris que peu importait qu'il me rende responsable, peu importaient ses justifications et un énième pardon de ma part. Cela n'avait plus d'importance que je le comprenne car il ne changerait jamais.

Était-ce cette perte de tout espoir qu'il avait saisie chez moi ?
Il semblait être fou de rage. Ou était-ce moi, qui enfin libérée de ma colère et rendue à ma pleine lucidité, avais enfin pu l'observer dans toute sa démesure pathétique et ridicule ?
Ainsi, je voudrais que vous voyiez dans quel piège je me trouvais et que vous compreniez ma détresse jusqu'à ma fuite. Ce que vous ignorez encore toutefois, c'est qu'il est mon double inversé, le miroir dans lequel je me regardais chaque jour pour ne jamais lui ressembler. Il était ma boussole, le contre-exemple, celui qu'on aime sans pour autant lui faire confiance sur sa manière de vivre. J'avais été parentalisée dès mon plus jeune âge, ma mère était ma fille, j'en avais la garde et elle était imprévisible. Je n'avais pas réussi à la sauver de sa folie.
Il va chuter seul…
J'étais le moteur de cette folle entreprise, celle qui actionne les bons leviers afin qu'il sorte de sa léthargie. Je donnais un semblant de vie à ce pleutre neurasthénique. Il se reposait entièrement sur moi comme un enfant avec sa génitrice. J'étais la propriétaire de ses humeurs bonnes et mauvaises, j'étais son existence. Mais ceci m'importe peu car à présent son caractère paraît être enfin une bonne affaire, je veux qu'il parte de chez moi au plus vite.

Il se pourrait qu'il ne supporte pas de rester seul dans cet appartement. Il m'a envoyé deux mails, très, très longs. Je lui ai répondu laconiquement : « Fais au mieux ! »

Il va chuter car il ne possède pas cette énergie, cette lumière qui permet de transcender le malheur. Et je sais combien il est difficile de s'extraire de son passé douloureux. Sa seule échappatoire est de me désigner coupable, afin de conserver l'illusion de sa bienveillance. Et ce qui retient son équilibre précaire est son surplus d'orgueil, une fierté qui lui permet de croire à ses propres mensonges.
La part sombre de notre esprit ne devrait-elle pas être la plus grande affaire de chacun ? Car c'est elle en réalité qui nous fait agir et réagir. La lucidité demande du courage et certaines aptitudes qu'il ne possède pas.
Il va devoir se débrouiller.
Il ne m'a soulagée de rien, d'ailleurs moi non plus.
Personne ne peut réécrire le passé.

Jeudi 13 septembre

Je pratique donc le nomadisme, je me sens perdue car en réalité je suis sédentaire. Enfin, je l'étais comme des millions de gens, je me promenais avec ma valise uniquement lors de voyages organisés à l'étranger – pendant les vacances, qui riment avec l'insouciance. Forcée par les circonstances, je me trimballe chez des personnes amies prêtes à m'accueillir un certain laps de temps.

Trouver rapidement une place sur un canapé ou une chambre inoccupée en pleine rupture affective advenue soudainement demande un sang-froid sans égal car il s'agit de donner aux bonnes âmes envie de vous héberger. Imaginez donc que je pleure, que je crie des insanités à propos de mon ex qui comme je vous l'ai expliqué, n'a pas démérité aux yeux de tous. D'ailleurs, si un vote avait lieu concernant nos deux personnalités, il le remporterait sans aucun doute, grâce à son caractère particulièrement doux. Ma colère ne ferait que confirmer les impressions de tous. Pleurer à chaudes larmes, et je ne récolterais qu'un flot de questions puisque dans les faits, c'est moi qui ai décidé de partir !
En conclusion, je ne dois pas les dégoûter de ma présence.
Surtout, que ne leur vienne pas l'idée de me renvoyer de chez eux au plus vite, car je suis entièrement dépendante de leur bon vouloir.
Le soir, lorsque tout le monde est couché, je ne décolère pas. Lui est dans mon appartement sans être obligé de faire bonne figure, il peut sans retenue laisser éclater ses émotions qu'il me donne à lire. Évidemment sans mon accord. Il m'envoie au minimum un mail par jour avec une quantité extraordinaire de détails intimes. Ce garçon-là s'épanche sur sa condition actuelle

sans aucune gêne. Ma colère prend l'ascenseur à chaque fois que ma messagerie s'ouvre sur un de ses lamentables récits. Son état émotionnel m'indiffère mais vous comprendrez que je n'ai d'autre choix que de lire ses missives, étant donné que je dois, entre de nombreuses lignes ineptes, déchiffrer où en est sa recherche de logement.

Je ne suis pas chez moi et il doit reprendre le contrôle de lui-même afin de parvenir à partir d'ici deux mois, délai d'occupation accordé par ma mansuétude après plus d'une décennie de vie en commun. Je ne regrette pas encore ce geste d'humanité bien qu'il me montre par l'envoi de ces regrettables doléances qu'il ne le mérite pas. Il juge ces soixante jours insuffisants et précise qu'il s'agit d'une terrible agression, il parle d'insécurité et de préjudice fait à son intégrité !
Ce garçon-là m'avait séduite et à présent, j'ai honte de l'avoir choisi.
Certes, comme je vous l'ai expliqué, nous avons comme point commun la colère, mais contrairement à lui, je ne cherche pas à me venger sur mon entourage et ensuite me faire passer pour une victime. Je ne laisse pas échapper le monstre qui se loge dans mes entrailles car je sais par expérience que la rage engendre une suite de phénomènes incontrôlables.

Il ne fallait jamais contrarier ma mère pour ne pas déranger son chaos mental. Hélas, j'avais appris à m'adapter à la folie et ce garçon-là était son double. Et je suis allée jusqu'à lui dire, sachant que je m'adressais à un fantôme du passé :
« Mais bien sûr, je te comprends, je vais prendre les mesures nécessaires. »
J'ai rajouté ce qui me semblait être une caricature de la soumission en pensant qu'il protesterait :

« Je t'assure que je ne cuisinerai plus un steak à cette heure de la journée. »
Il n'avait pas réagi, acceptant ma proposition sans penser qu'il s'agissait d'un affront de ma part.
J'avais continué, désirant mesurer son degré d'inintelligence : « Je fermerai les portes plus doucement ainsi que les placards et c'est important les courants d'air, les fenêtres n'ont pas à rester ouvertes tout le temps. Je suis d'accord avec toi, au sujet de tout ce que tu dois supporter chaque jour. En plus avec ces voisins qui ne font aucun effort… Chez toi, tu as le droit d'être tranquille ! »
J'ai vu à son petit sourire satisfait qu'il était tombé dans le piège, tandis que je rentrais ma colère.
Je n'avais jamais flanché, il fallait bien que quelqu'un maintienne un équilibre. J'entendais encore cette phrase qui résonnait dans ma tête, cette affirmation maternelle si souvent entendue durant toute mon enfance : « Toi, tu es forte ! » C'était le seul compliment, la seule reconnaissance obtenue.
En le quittant, j'ai rompu les amarres qui me liaient à ma mère. En deux semaines, j'avais compris que c'était moi qu'il fallait sauver da la folie.

Heure après heure, ma colère grandit, je déteste ce passé d'enfant sage. Libérée de ma cage d'incompréhension, j'aimerais exploser et enfin ne plus être raisonnable.
Je suis prête à le blesser verbalement avec une science exacte des mots. En y pensant, une méchante délectation me réjouit l'esprit. Hélas, une chose m'empêche de le faire, la peur de lui ressembler. De toute façon, je n'ai pas le choix, il loge chez moi et je ne ferais que compliquer la situation. Je dois renoncer à cette guerre, même si je ne ressens aucun soulagement à avoir gardé un semblant d'humanité. La justice n'existe pas. Je reste-

rai la folle qui gâchait sa vie. Au moins, il ne me le criera plus à dix centimètres du visage.

Vendredi 14 septembre

Vous en avez peut-être assez de lire cette histoire malsaine ? Je vous imagine en train de vous faire votre opinion… « Rien de la sorte ne pourrait m'arriver ! » Et pourtant, petites et grandes racailles nous entourent. Lorsque vous êtes confronté à ce genre d'individus, si vous êtes sain d'esprit, dans un premier temps vous essayez de comprendre tant l'envie de donner du sens à ce qui défie la raison semble primordial. Mais malheureusement, quand la raison n'a pas sa place, nous devenons prisonniers de la folie des autres. Le meilleur choix est la fuite mais cet acte de liberté n'est pas toujours possible. Alors vous voyez le monde se diviser en deux, votre vision devient manichéenne : il y a les victimes d'un côté, les persécuteurs de l'autre.
Les êtres comme mon ex sont des virtuoses de l'illusion, ils sèment, avec parcimonie, la confusion dans votre esprit. Vous voulez être une bonne personne alors qu'ils décident pour vous le chemin à prendre et c'est celui de la médiocrité. Vous existez selon les préceptes de la bêtise humaine. Votre joie de vivre s'éteint. Finalement, votre esprit est contaminé, pollué par de constantes émotions négatives. Il est très probable que vous finissiez par leur ressembler et par voir le monde comme eux le voient. C'est d'ailleurs ce qu'ils souhaitent tant ils sont pauvres d'esprit.
Je vous l'avoue, je suis devenue cinglée, mais à ma manière.

Visualisez la scène, je vous prie :
Je suis aux prises avec un individu souffrant d'un trouble de l'humeur qui se manifeste par une hémorragie vocale, rien ne l'arrête, c'est un flux puissant et continu qui ne cesse que lorsque je lui renvoie l'image de sa propre folie. Que puis-je faire de plus raisonnable dans ces moments-là qu'imiter le miaulement

du chat, siffler un air désuet, chanter une comptine, etc. ? Je ne suis pas responsable, ni coupable de tels subterfuges, ils sont l'aboutissement de ce que j'ai appris, survivre en milieu hostile. L'absurdité en faisait partie.
Parfois, je lui lançais avec un rire sonore plein d'aplomb :
« Eh bien, amuse-toi tout seul, mon vieux, et bonne chance pour la suite. »
Évidemment, ça ne le calmait pas !
Ainsi, je redistribuais les cartes en lui signifiant que ce n'était qu'un jeu, un petit divertissement qui ne m'intéressait pas. Et je m'enfuyais, en prenant la première paire de chaussures à ma portée. Je connaissais sa plus grande faiblesse, il était très vite décontenancé. Ce qui m'offrait un répit, le temps de lui filer entre les pattes comme une anguille. Et dans ce bestiaire de l'absurdité, il était un pitbull, ce chien dressé pour son incapacité à décrocher les crocs de sa proie. Alors, il me mordait encore, ne pouvant s'empêcher de crier sur le pas de la porte :
« Quand est-ce que tu vas grandir et prendre tes responsabilités ? »
Dévaler les cinq étages m'avait toujours paru plus judicieux qu'attendre l'ascenseur. Ensuite, je lui pardonnais, sa voix redevenait miel, il était à nouveau « le romantique ». Bien sûr, je ne cédais pas tout de suite. Alors entre-temps, il flanchait, il ne comprenait pas les mots qu'il avait utilisés, ne s'en souvenait pas, il m'implorait et je voyais à travers lui, l'enfant blessé, mon double redevenu gentil avec l'infernal « moi » à nouveau endormi. Un prince endormi, ce n'est pas la vraie histoire, n'est-ce pas ? Il était donc impossible que j'obtienne cette promesse de bonheur : « Et ils vécurent heureux pour l'éternité. » Alors que dans tous les contes que je lisais en boucle, cette phrase-là, juste avant de fermer mon livre, avait valeur d'oracle.
Un jour, j'en étais sûre, nous serions tous heureux mes parents et moi.

Je n'ai été qu'une créature de conte de fées, tirée du néant grâce à des lectures enfantines.

Mon monde est imaginaire, c'est un univers où règne l'invraisemblable mais aussi le merveilleux et le surnaturel. Je réalise qu'une part de ma personnalité est restée dans cette fillette s'identifiant aux personnages de fiction, à devoir batailler sans cesse avant de rejoindre le bon côté de l'humanité. J'étais une héroïne, un soldat légitime menant de bonnes batailles pour que triomphe le bien.

En fait, il n'y avait jamais eu de trêve, le traumatisme était vivace et mes anciens tortionnaires toujours à l'œuvre à travers mes actes. Une mainmise sur toute mon existence, je les sentais respirer à ma place, ils étaient mon oxygène. Ils m'avaient donné la vie pour mieux me la prendre comme les ogres mangent leurs propres enfants.

En prenant la fuite et en ne cédant pas à mes démons intérieurs, j'ai certainement changé le cours de mon destin. Je veux désobéir à ce que je crois être ma mission de vie, rendre heureux mes parents pour qu'ils oublient de me faire du mal et qu'ils deviennent mes héros comme dans les images triomphantes de mon enfance.

Je ne me sens pas délivrée mais coupable, j'ai échoué avec eux comme avec lui. Mon impression première est d'avoir commis une énorme bêtise en le quittant, une petite voix culpabilisante me chatouille la conscience. Cette phrase revient constamment : « Tu n'aurais pas dû. »

Elle me surnommait « mon petit gatillon », j'étais gâtée de l'avoir comme mère.

Je l'avais crue, et lui aussi.

À nouveau, j'ai reçu un très long mail de sa part, je me suis contentée de le parcourir, je n'ai retenu qu'une toute petite phrase : « Avec tout ça ! » Ce « avec tout ça », je l'ai apprécié, ce « tout ça » est ma désobéissance à ce qu'il croit être raisonnable par rapport à sa gentillesse.

Le soir dans ce lit qui ne m'appartient pas, je le hais. J'essaye de trouver le sommeil ailleurs que chez moi et je n'y arrive pas. Je préfère cette vie d'incertitude plutôt que celle qu'il me proposait. Chaque jour avec lui aurait compté comme double, le temps aurait pris une autre signification, celle de la déchéance mentale et puis très vite, j'imagine que physiquement, il m'aurait détruite.
Un corps ratatiné, ployant le dos telle une créature servile, vieillie prématurément, j'aurais porté tous les stigmates de cette vie à deux et il aurait continué à agir en toute bonne conscience avec sa gueule de premier de la classe, et toutes nos connaissances lui auraient donné le bon Dieu sans confession.
Je l'ai rêvé hier soir, j'ai eu cette vision, nous étions dans une cafétéria, il mangeait une pâtisserie, il était fringant bien qu'âgé d'une septantaine d'années, et en face de lui, je me suis vue, petite pomme fripée, j'avais un visage ravagé par les rides. Et lui, tranquillement savourait un millefeuille.
J'ai été réveillée en sursaut, je crois que devant cette créature minée et sans énergie que j'étais devenue, la révolte a grondé dans ma nuque qui m'a aussitôt fait redresser la tête hors de l'oreiller. Mon rêve était encore très présent dans mon esprit et folle de rage, je me suis promis de n'être jamais son jouet brisé.
Je souffrais de cette rupture, mais ce rêve à l'allure d'un cauchemar prophétique m'a confirmé que j'avais pris la meilleure décision de ma vie en le quittant. J'étais plus déterminée que jamais, il ne deviendrait pas ce fringant propriétaire me promenant en laisse, moi, sa vieille femelle ! Car j'avais un bon capital génétique, je ne faisais pas mon âge.

Samedi 15 septembre

Je loge temporairement dans un « beau quartier », dans un secteur de la ville légèrement excentré où se côtoient plus de villas que d'immeubles.

Je me promène dans les rues avec une casquette blanche style « Américaine en villégiature », elle s'attache à l'arrière par un gros nœud et je l'ai agrémentée d'une paire de lunettes de soleil énorme. C'est le kitch complet, reste l'allure à prendre, mettre cette distance entre soi et l'environnement urbain.

J'aime imaginer que les gens riches ne souffrent pas car avoir appris les bonnes manières et savoir se tenir en société empêche de faire partie du genre humain ordinaire. Il serait incorrect de montrer une émotion vulgaire comme la tristesse.

Rien ne peut m'atteindre et encore moins une rupture affective, je suis richement blasée.

Durant cette après-midi superficielle, je marchais et je ne souffrais plus, j'étais puissante et arrogante à chaque pas. J'étais des leurs et nous étions une élite évoluant le long des rues et sans nous connaître, ni manifester le moindre signe de reconnaissance avec cet air de parfait détachement, nous nous croisions dans une indifférence très calculée. D'autres bipèdes occupaient nos esprits supérieurs, nous pouvions les classer, eux, les humains ordinaires, ils souffraient et nous pouvions le constater en regardant leurs visages, où se lisaient toutes sortes de défaites. Crânement à ma suite, je tirais mon caddy jusqu'au supermarché, c'était ma Rolls. J'allais faire des commissions avec tous les qualificatifs extraordinaires que l'on donne à ceux qui possèdent un rang social supérieur, j'étais sublime avec mon fric imaginaire.

En fait, je m'octroyais une pause, une échappatoire avant qu'un de mes besoins physiques me rattrape, il fallait que je mange alors que j'aurais préféré dormir et encore dormir afin de ne plus penser. Tandis que j'essayais en vain de jouer celle que je n'étais pas afin d'échapper à la réalité de ma triste existence, mon estomac m'a rappelé que je faisais partie de l'espèce humaine. Je n'avais rien mangé de la journée, trop occupée par deux seules questions obsédantes : mais qu'est-ce qui s'était passé ? Et : comment aurais-je pu éviter cela ?

Pourtant je comprenais très bien, j'avais passé des heures à analyser la situation, nos comportements, mon passé et ses répercussions mais je restais stupéfaite, ahurie et comme projetée dans un mauvais film.

Ce ne pouvait être moi, logeant dans ce quartier huppé ! Faisant mine de ne pas avoir mal…

Et pourtant, j'étais bien là, dans ce quartier étranger à mes habitudes où je jouais le rôle d'une étrangère. Toutes mes croyances avaient volé en éclats et mes rêves n'existaient plus, non plus que mes repères habituels. Qui étais-je ? Je ne le savais plus, j'avais perdu mon identité. Faute de pouvoir en trouver une autre en si peu de temps, j'avais comblé le vide en mimant les femmes de ce quartier chic, comblées par ce que j'aurais aimé posséder, une vie facile. C'était une attitude physique à prendre, juste un calcul de mesure, alléger ma marche jusqu'à me donner l'impression d'être en apesanteur.

En fin d'après-midi, mes pieds ont réellement quitté le sol, j'ai été envahie par la joie.

Ce bonheur soudain n'avait rien à voir avec ma démarche artificielle. J'allais à contre-courant de ce que je m'étais appliqué à devenir, une femme détachée. Je n'étais pas devenue un être d'exception mais plutôt un être semblable à tout le genre humain. La vengeance m'avait donné des ailes et m'avait délivrée de ce poids collé à mes basques, l'ombre toujours présente de ma souffrance. De l'avoir imaginé sombrer dans la dépression m'a libérée. Je souhaitais qu'il ne s'en sorte pas et pour célébrer sa chute prochaine, je suis allée m'acheter un millefeuille. À chaque bouchée, je pouvais voir sa tête se ratatiner comme la pâte feuilletée sous l'effet de ma bouche et je croquais le glaçage blanc avec ce bruit de craquement délicieux, je broyais le tout, heureuse de sentir le goût du sucre comme s'il émanait de sa déchéance physique à venir.

Dimanche 16 septembre

La pâtisserie n'a pas suffi à m'apaiser.
Hier soir, la colère m'a submergée lorsque j'ai dû déménager avec ma valise dans la rase campagne. Une amie m'héberge, chez elle j'occupe un canapé en guise de lit, il est étroit et court. Cela se traduit la nuit par une incapacité à trouver le sommeil, ce qui me donne le temps d'exploiter ma rancœur. C'est un véritable enfer, et je désire ardemment que vous ressentiez dans votre chair les supplices infligés à ceux qui échouent comme moi, sur un mauvais sommier.
Je sais que le marchand de sommeil ne sera pas au rendez-vous les jours prochains, alors forcément, je les redoute.
C'est évident, je dois souffrir !
J'ai subitement été déclassée, jetée sur un canapé d'infortune comme une marchandise encombrante que l'on accueille comme on peut.

Je n'ai pas du tout envie de vous décrire les longues heures passées à essayer vainement de fermer l'œil. Pourtant, je vais le faire !
J'ai besoin, en effet, de votre compassion car mon amie ne semble pas avoir remarqué mon malaise, elle occupe seule un lit deux-places et n'a de toute évidence aucune envie d'améliorer mes nuits en partageant son confort avec moi. Il ne me reste donc que vous, encore une fois, chers lecteurs imaginaires.
Visualisez bien ce que je vais vous décrire…
Mes pieds sont posés sur le dur rebord du canapé, mon corps glisse inexorablement sur le revêtement en cuir dans le renforcement de cette maudite couche d'infortune. Et je me tords malgré moi, les pieds bien fixés en hauteur, pour résister à la loi de la gravité. Je me tourne d'un côté, dans la position du fœtus,

mon visage est collé contre le dossier, je ne peux plus bouger, je suis coincée et il va falloir garder cette position les nuits suivantes car les autres sont pires – je les ai toutes essayées.
Le nomadisme a ses limites…
J'enrage de ce que je vis quand je sais que mon ex dort dans un lit douillet… Je n'ai pas le loisir de garder ma peine bien recroquevillée en boule dans mon lit sous mon édredon, j'occupe le salon.
Je suis obligée de faire bonne figure à l'apparition de mon amie. Son indifférence m'a rendue muette, je n'ai aucun reproche à lui faire. De toute façon, je n'ai pas le choix, il me faut rester chez elle. Autant profiter de ce qu'elle a à m'offrir : une promenade avec ses chiens dans la campagne environnante. La tristesse est en passe de remplacer la colère mais je la refuse, je suis fatiguée mais j'ai besoin de toute mon énergie, je repousse cette peine longue comme cette nuit passée les yeux rivés aux minutes affichées sur le lecteur DVD, défilant inlassablement les unes après les autres, composant l'image d'une horloge maléfique jusqu'à la délivrance des premières lueurs du jour.

Je veux continuer à exercer mes nerfs jusqu'à ce qu'il parte de chez moi. C'est lui, le fautif, je devrais être dans mon lit et pas dans cette peau de SDF à qui on donne selon son bon vouloir plus ou moins de charité.
Mon infortune me joue des tours et me fait croire que je serais mieux en sa présence, chez moi, plutôt qu'avec cette amie, qui semble vouloir s'encombrer au minimum de ma présence.
Ce scélérat me manque à présent car peut-être aurait-il eu plus de considération pour moi !
Mais je dois me rappeler qu'il est le « gros dégueulasse », pas celui qui prenait place juste après la crise, le repenti à la voix douce et presque féminine. Me rappeler qu'il est odieux et qu'il m'inspire

du dégoût est impératif. Je me suis demandé comment j'avais pu être attirée physiquement par cet homme… Car à présent, une répulsion totale me saisit en pensant à son corps. Elle est si forte que je ne peux imaginer l'avoir embrassé, ne serait-ce que sur la bouche.

Je suis partie sans avoir de réponse. Je marchais avec mon amie et ses deux chiens et tout autour de nous, des petites taches blanches au cœur jaune, des pâquerettes par dizaines. Enfant, je les cueillais pour les mutiler, je détachais l'un après l'autre les petits pétales. Ce n'était pas une occupation tout à fait innocente, je tirais sur les petites parties blanches de la fleur pour savoir combien d'amour j'avais à donner – mais à qui le donner ? Je ne le savais pas.
« Je t'aime, un peu, beaucoup, passionnément, à la folie… »
Cet effeuillage était vertigineux car la sentence irrévocable, « pas du tout », me semblait la réponse la plus appropriée à mon sort. Comme elle ne me satisfaisait pas, je recommençais.
« Je t'aime, un peu, beaucoup… »
Mais les pâquerettes étaient trop nombreuses pour que je puisse toutes les cueillir en espérant que la dernière me donne enfin la vraie réponse. Celles dénudées et jetées à terre m'interpellaient comme des sacrifices inutiles.
J'étais juste capable de comprendre qu'il suffisait de très peu pour ne plus être aimée par les adultes.
Le sourire de ma mère ne m'était destiné que lorsqu'elle revenait d'un pays lointain où le soleil brillait très fort mais sa joie de me revoir durait un seul jour et ensuite, son sourire ne m'était plus destiné.
Ces petites pâquerettes me rappellent que je n'ai jamais pu déchiffrer le cœur jaune de ma mère pas plus que je ne comprends pourquoi j'ai cru, adulte, plus en mes rêves qu'en la raison.

J'ai sûrement fini par croire que je n'étais pas assez aimable et qu'elle avait raison.

Mais comment avais-je pu faire preuve de tant de patience avec lui, avec cet homme infiniment compliqué et certainement aussi insaisissable que les pensées de ma mère ?

Une équation mathématique, deux variables, elle et lui, qui se rejoignent par leur complexité pour ne former qu'un. Car en réalité, je n'avais jamais renoncé et j'étais prête à tous les sacrifices afin de revoir ce soleil qui éclairait mon existence.

Je m'étais impliquée dans presque tous les actes de la vie de cet homme, jusqu'à un certain jour. Il avait préparé seul un repas d'anniversaire.

Enfin ! Les lasagnes étaient dans le four. À 23 heures, couchée dans mon lit, l'odeur m'avait fait comprendre qu'il avait fini par y arriver. Depuis le matin 11 heures, il s'activait dans la cuisine et je n'avais pas décoléré de la journée, sachant que cette pièce était devenue un champ de bataille inaccessible. Toutes ces heures passées pour un plat de pâtes amélioré et pire encore, je savais qu'il attendait que je le félicite.

Non, non, ne riez pas…

Mettez-vous à sa place. Ça a commencé avec les tomates. Mais comment les couper ? Avec ou sans la peau ? Et puis sont-elles bien cuites ? La viande à saisir, mais avec quel aromate ? Et les couches de pâtes, combien en faut-il ? Ne pas oublier le fromage ! L'ail et les oignons !

Il aurait mieux fait de suivre une recette écrite mais une de fois de plus, il s'y était refusé.

Son esprit est un capharnaüm qui transforme à l'identique son environnement.

Mais reprenons le récit de son élaboration culinaire avec toutes ses aberrations… Ajouter des carottes comme je l'ai vue faire,

est-ce bien nécessaire ? Mais oui, ça donne de la couleur. Eureka ! Et le persil est vert…
Le hacher… à la main… mais, c'est mieux avec une machine… Il est où, ce foutu hachoir ?
Et comme à chaque fois, il s'énerve en le cherchant, c'est une vraie cacophonie de bruits de vaisselle avec parfois, de la casse.
Avant, je riais de ce que j'estimais être les maladresses d'un perfectionniste et je finissais par lui venir en aide.
Mais je n'étais pas dans la pièce et je n'ai pas pu le prévenir que sa béchamel était en train de cramer.
Et la casserole a fini noircie dans l'évier !
Cette laborieuse préparation est digne d'un marathonien, il est tard, il est épuisé et il doit encore tout ranger. Ce jour-là je ne l'ai pas encouragé, ni félicité.
Faire juste ou pas, cette question est restée suspendue dans l'air, insaisissable comme une parole qui apparaît pour mieux disparaître. Son monde est comme le mien, privé de toute lumière réconfortante.
Voilà, vous et moi, nous n'avons plus besoin de nous moquer de lui.
Les lasagnes peuvent cuire en toute sécurité, le minuteur actionné, elles seront succulentes. Personne ne connaîtra durant cette fête d'anniversaire l'enjeu vital qu'elles ont représenté ; il entendra de la reconnaissance de la part des invités, mais trop tard, elle ne s'inscrira pas.
Je désirais que vous compreniez ce grand moment de stress culinaire.
Vous l'auriez jugé, c'est un imbécile, certes, il l'est ! Mais il n'est pas entièrement responsable et c'est la raison pour laquelle je suis restée quatorze ans avec lui.

À présent, j'exècre sa sensibilité et pourtant, j'aimerais encore

être ce parent bienveillant afin que cesse ce grand désordre mental. L'amour est synonyme de chaos. Le fracas me soulage de mes angoisses et mon instinct de survie me dicte de retourner sur ce champ de bataille. C'est pourquoi, je continue à écrire ce journal et à m'adresser à d'invisibles personnes qui me confirmeraient que je commettrais une erreur fatale.
Je dois apprendre que l'amour est synonyme de beauté.

Cette après-midi, j'ai senti une force nouvelle en moi, j'ai trouvé le paysage beau alors qu'il m'aurait paru laid comme mon ancienne vie. J'ai remercié tous les artistes à l'origine de ce tableau. J'ai admiré cette œuvre vivante peuplée d'hirondelles, criantes, tourbillonnantes, affolantes dans leur course, se croisant sans jamais se heurter. Tandis qu'en plus haute altitude, c'était la journée des cargos avec des bedaines remplies de ballots blancs. De gros cotons avançaient sans lourdeur, calmes et majestueux. Et mon espoir d'une vie plus facile s'est accouplé au vert des pâturages.

Fin d'après-midi

Nous sommes rentrées de promenade, je suis seule dans la maison avec la couleur verte en tête. Mais elle a viré, fini l'espoir, je suis verte de rage. Alors, une image m'est revenue, celle où comme les bovidés, nous avions la bouche emplie d'herbe. C'était un jeu moins innocent que l'effeuillage des pâquerettes, car alors nous travaillions, à notre façon, notre endurance à la souffrance.
C'était l'été de mes huit ans et à pleine poignée, nous arrachions de la terre, une bonne poignée de tiges vertes et à tour de rôle, nous remplissions la bouche de celui ou celle qui était désigné

comme victime consentante. Il ne fallait pas se plaindre, ni recracher la moindre brindille. Couchés sur la terre, nous regardions le ciel la bouche pleine avec un air absent, un air qui disait « ça ne fait même pas mal ».
Je n'avais alors pas compris que les seules bouches à museler étaient celles des adultes.

Il m'a envoyé un mail et je suis sortie prendre l'air afin de me calmer. J'ai alors aperçu un cafard qui traversait la route goudronnée quand soudain, une grosse voiture est apparue. Une question m'a traversé l'esprit : va-t-il mourir ou pas ? Le voir écrabouillé ne m'aurait sans doute pas libérée de ma colère mais j'ai pensé à ce moment précis que ce pourrait être un bon palliatif si j'imaginais mon ex à la place du cafard. La route était relativement étroite et l'engin arrivait à toute allure. À vue d'œil, l'insecte se trouvait sur la trajectoire de la roue gauche. En l'espace d'une seconde, il a émergé de la masse sombre sans se douter qu'il venait d'échapper à la mort.
Je m'étais questionnée sur un insecte sans intérêt ! Et la conclusion était toujours la même : il n'en valait pas la peine ! Certes, un parasite occupait mon appartement et se permettait de gâcher encore un peu plus mon existence. Mais, qu'il vive ou qu'il meure, ce n'était plus mon affaire !

Il m'a écrit.
« Toutes les nuits, j'ai des angoisses et la journée je ne peux pas sortir à l'extérieur et donc faire des démarches pour trouver un autre appartement. »
Son mail regorgeait d'appels au secours, on aurait dit un noyé qui crie à l'aide ! Encore une fois, je devais le réconforter, le porter, le cajoler et sans doute, il attendait que je manifeste ne serait-ce qu'un peu de compassion pour son triste sort alors que

j'avais atteint les limites du supportable. Cette frontière, où il n'est possible d'éprouver que le paroxysme de l'aversion comme à la vue d'un cafard luisant de crasse noire.

J'avais compris que la mort occupait la première place parmi ses peurs, il la craignait constamment. Durant la journée, il allumait d'ailleurs les lumières dans toutes les pièces de l'appartement, y compris dans l'exigu cagibi. Cependant, il pourrait se mettre à boire par peur ou par désespoir, cela n'arrangerait pas mes affaires.

Je lui réponds succinctement par une injonction : il doit quitter mon appartement dans moins de deux mois quel que soit le résultat de ses recherches. Deux mois, c'est juste et c'est suffisant pour qu'il revienne à la raison car en termes d'enfance malheureuse, je connais bien le sujet.

Serons-nous enfin tranquillisés une fois morts, ou resterons-nous vivants dans nos tourments ?
Mon karma n'est pas gentil, il me poursuit.

En attendant de savoir quand cesseront les jérémiades du prince égocentrique, je me prépare à une autre nuit sur ce méchant canapé et si je ne m'en plains pas auprès de mon amie, c'est que je ne possède pas son amour immodéré pour les animaux de compagnie. Mes bonnes résolutions m'empêchent de blesser la propriétaire de cette ménagerie adorée, dont le confort semble à ses yeux plus important que le mien.
J'essaye de dormir dans l'inconfort induit par un shih tzu mâle qui ronfle comme un bûcheron, j'ai inventé cette expression à son intention car cet artisan exerce cette profession bruyante. Il scie du bois sans arrêt et lorsqu'il s'interrompt, essoufflé par l'effort, c'est pour mieux reprendre en main sa scie. Ce chien

est impressionnant. Il peut dormir tranquillement alors que son corps tressaute en continu, c'est-à-dire à chaque ronflement. Puis, sans doute en manque de souffle, il émet des sifflements stridents. Ainsi, il cherche sa respiration en ouvrant sa gueule bruyamment dans des tons graves puis il recommence avec ses crissements de scie aiguë. Je le déteste. J'ai tenté de lui infliger quantité de désagréments afin qu'il se réveille pour de bon, rien ne fonctionne ! Ni les tapotements sur son dos, ni les coups de pieds dans sa corbeille, ni les sifflements à ses oreilles et encore moins l'appel de son nom – il ne bouge pas d'un iota. Les bouchons d'oreille n'y changent rien, je les enfonce aussi profondément que possible dans mes conduits auditifs comme deux vis dans un mur, et malgré tout, je l'entends encore.

Sur ce canapé où je ne dors pas vit par intermittence une ribambelle d'animaux à quatre pattes (seize pattes en tout). Ils s'y sont gratté le poil et la couenne ou le derrière et c'est l'endroit préféré de la femelle shih tzu. Elle aime particulièrement faire ici sa toilette intime le plus collé-serré contre moi. Je refuse de la regarder, même si je suppose qu'elle aimerait que je participe visuellement à cette occupation intime tandis que mes oreilles entendent toutes sortes de bruits de succion. Il lui est si naturel de partager cette vie-là avec sa maîtresse, qu'elle a l'air de penser que nous sommes de la même espèce.

Je ne risque pas d'oublier les deux chats en surpoids de race maine coon. Ces deux-là aiment se prélasser le jour sur ce canapé mais la nuit, ils redeviennent des félins noirs aux yeux jaunes et luisants, deux points lumineux qui jaillissent d'un lourd bond portés par leurs corps massifs et sur le dessus du canapé, ils trônent en despotes, allongés de tout leur long en me défiant. J'occupe ce qui leur appartient, ce canapé. Cette couche animalière est devenue un enjeu et pris d'excitation vengeresse, ils se relaient, me forçant à croire au fil de la nuit, groggy de fatigue,

qu'ils sont deux pumas sauvages. Et à peine me suis-je endormie que l'un ou l'autre surgit aussitôt au-dessus de ma tête pour me faire comprendre que le sommeil ne peut exister à cet endroit. Je me suis tue au sujet de ce déplorable comportement animalier, je n'ai rien dit à mon amie car je n'ai plus les moyens d'être diplomate, et tout ce qui pourrait sortir de ma bouche serait : « Ils me font tous chier tes animaux et je les déteste ! »
Évidemment, je comprends, ils sont chez eux et pendant ce temps mon crétin d'ex se plaint de ses nuits, eh bien je vais rester vulgaire et vous allez encore lire des injures parce que je ne peux pas lui dire en face :
« Je t'emmerde, toi et tes angoisses nocturnes. »
J'ai pu constater à quel point mon amie est une mère poule, dès qu'un membre de sa progéniture disparaît de sa vue, elle se met à le chercher alors qu'elle doit savoir qu'elle habite une maison à deux étages avec de multiples recoins, dotée d'un grand jardin donnant sur un champ clôturé. Le seul endroit qui pourrait présenter un danger réel pour ces bêtes qui ne demandent en somme qu'un peu plus de liberté serait la petite route privée qui longe sa maison annexée à une ferme. Encore faudrait-il que sa porte d'entrée soit ouverte, ce qui paraît absurde comme d'ailleurs tout ce que je suis en train d'observer.
Un de ses chats m'a soufflé dessus, il ne va plus me tolérer longtemps, douze kilos tout de même, deux de plus que son frère jumeau.
Je suis à cran, je déteste à présent tous les chats…

Lundi 17 septembre

Cela fait presque deux semaines que je me trimballe avec ma valise.
Un détail qui a son importance, je n'ai pas de voiture. J'ai donc attendu un bus de campagne aux horaires aléatoires sur un bord de route déserte.
Avant de refermer la porte de la maison de mon amie, qui s'était éclipsée à l'aube, avant de quitter cette demeure maudite où j'ai fini par sombrer juste avant l'aube, juste avant qu'elle me réveille, j'ai senti dans une semi-inconscience qu'il aurait mieux valu que je ne change pas de place sur le canapé. À l'endroit où reposaient mes pieds les nuits précédentes, une odeur d'urine a soudainement atteint mes narines et j'ai compris que les désagréments sonores avaient été si conséquents qu'ils avaient masqué ce relent de pisse. J'avais posé ma tête au mauvais endroit. Passé mon haut-le-cœur, j'ai pu constater dans le miroir de la salle de bain une conséquence qui n'allait pas disparaître de sitôt. Toute une série de boutons était apparue sur mon front, près de mon nez ainsi que sur mon menton. Je les ai comptés : onze pustules rouges.
J'étais vraiment à bout.
Et ces deux chats me regardaient attendant la distribution de croquettes matinale. Mais non, j'allais partir et je n'avais pas du tout envie de leur faire plaisir, je voulais plutôt leur montrer qui était le véritable « homme » dans cette maison. J'ai donc immédiatement et avec rage entamé une danse tribale très sauvage dans la cuisine en face de ces deux boules noires. Ils m'ont regardée stupéfaits et tétanisés. Vous pouvez me croire : ça venait de loin, de l'origine humaine dans ses premières transes guerrières. Ils n'ont pas cherché à comprendre, dans la seconde même, ils se sont enfuis face à la menace bondissante que j'étais devenue.

Ensuite, malgré la fatigue, je suis partie faire un jogging.

Je cours et derrière moi, il y a toujours une ombre menaçante, pourtant, je continue à courir mais je vais plus vite. J'ai longé les mêmes maisons calmes que la veille. Mais ici comme ailleurs, je me sens menacée, un danger peut surgir, caché derrière un arbre, peut-être tapi dans cette camionnette, il va sortir brusquement, et l'allure tranquille de cet homme sur le trottoir d'en face n'est qu'un leurre pour mieux me suspendre.
Je suis en nage, en rage, emplie d'adrénaline, c'est la drogue qui m'aide à faire face au monde extérieur, où que je me trouve.
Il y a un rottweiler, je le sais, derrière une clôture que j'estime trop basse, je m'étonne qu'on le laisse libre d'effrayer le passant. Il faut dire que la maison est isolée des autres, le long d'un chemin de terre. Je cours et il surgit, aboyant férocement, la gueule ouverte, le corps levé contre le grillage de la clôture, il est effrayant. S'il prenait de l'élan, il pourrait certainement sauter par-dessus.
Ce matin, j'ai pris le même chemin qu'hier pour le croiser.
Il était au rendez-vous, je l'ai regardé dans les yeux et je lui ai fait signe avec le doigt sur la bouche de se taire : « Psitt ! »
Il a croisé mon regard tout en continuant à vociférer de toute sa rage et de toutes ses dents, cependant j'ai vu son air désolé et j'ai compris qu'il ne pouvait pas faire autrement, c'était plus fort que lui avec sa gueule ouverte comme une machine prête à déchiqueter. Bien sûr, il m'a fait peur mais j'ai reconnu mon impuissance dans la sienne.

Je ne me suis pas renseignée sur les horaires du bus de campagne, j'ai attendu le bus en pensant qu'il ne viendrait pas.
Le manque de sommeil associé au souvenir de ma confrontation matinale avec ce monstre canin m'a donné des vertiges. Au

bord de cette route déserte, j'ai éprouvé un sentiment de fin du monde où je serais laissée à mon sort, abandonnée de tous et comme dernière vision avant l'apocalypse, a surgi dans mon esprit ce molosse ivre de rage et dont j'avais envié la puissance.

Ce chien comprend le monde de la même façon que je le conçois et il s'en défend.
Pour cette raison, je me lance des défis idiots afin de ne pas céder à la panique car en réalité j'ai honte de ne pouvoir surmonter mon passé.

Jeudi 27 septembre

D'habitude, les personnes qui écrivent un journal intime s'excusent d'avoir loupé ne serait-ce qu'un jour. Enfin, c'est ce que je crois. Je n'ai pas envie de m'excuser. La faute incombe à ces animaux ou plutôt à leur propriétaire. Mon amie ? Je n'en suis plus tout à fait sûre mais je préfère remettre cette question douloureuse à plus tard car j'ai des préoccupations plus urgentes en tête.

Ce matin, j'ai envoyé un mail à mon ex pour lui rappeler la date butoir. Il a répondu : « Ok, merci pour ton mail. » J'étais soulagée !

Mais non, qu'est-ce que vous croyez ?! Rien n'a jamais été simple avec lui. En fin d'après-midi, il me réclamait de plus amples informations. J'aurais voulu être plus explicative, lui parler de ces quatre nuits, du bus fantôme en pleine campagne, de mes boutons sur le visage, de mes cernes, de mes nerfs à vif. Et puis lui faire comprendre qu'au pays des borgnes, nul n'est aveugle et même s'il n'a qu'une vision limitée de son avenir, il doit tout de même envisager son déménagement comme sa priorité. J'aurais aimé lui répondre avec ironie mais j'ai été expéditive car il n'a aucune autodérision. Une ligne succincte et non négociable suffisait : « Tu quittes mon appartement le 4 novembre et à cette date, tu me rends mes clefs. »

Ses longs et très nombreux messages sont incompréhensibles et si je me lance dans la lecture, au bout de la deuxième ligne, mon cerveau se tord dans tous les sens et me signale que si j'insiste, un mal de crâne surgira rapidement. J'ai soumis l'épreuve à une amie qui a abandonné cet assemblage de phrases incohérentes avec une grande impatience.

Nul ne pouvait le comprendre excepté lui-même.

Je suis consternée de me souvenir que j'aimais le regarder en secret sans qu'il s'en doute et dans ces moments-là, je me sentais dans la peau d'une portraitiste, éprise de détails, je passais de longues minutes à épier ses cheveux au creux de sa nuque. C'est incroyable car à présent, je tirerais ces mêmes cheveux sans aucune hésitation malgré sa calvitie frontale.
Parlons de son humeur détestable, elle était un atout physique, j'aimais son front plissé alors que ses rides étaient le reflet de son exécrable caractère.
J'avais créé un être qui n'existait pas.
J'ai décidé de visionner un de ces partages sur les réseaux sociaux afin de me convaincre de mon aveuglement passé et enfin, le regarder à sa juste valeur esthétique. Avec quelle force la réalité me sauta aux yeux ! En quelques secondes, j'ai compris ma méprise. Sa physionomie correspondait à son mode de vie. Son côté féminin et sensible était le résultat de sa fainéantise, il avait des mains délicates, des épaules rondes et une nuque fragile. La pratique quotidienne de la procrastination l'avait privé de tout angle masculin. Pourtant je l'avais apprécié, cet éphèbe quarantenaire, j'avais aimé de cet artiste incompris jusqu'à la couleur de sa peau, un savant mélange androgyne. L'œuvre dans sa totalité n'était en fait que le résultat de mon imagination. J'avais créé une chimère, il était le fruit d'une idée sans rapport avec la réalité.
Cependant, j'ai été plus révoltée encore par ce que j'ai découvert sur l'écran car je ne m'étais jamais préoccupée du lien qu'il entretenait avec internet. J'ai été écœurée, chers lecteurs, à la vue de cet homme qui avait profité de ma largesse d'esprit et de ses dérives, je veux parler de ma propension à envisager la réalité sous un jour meilleur et à cette profession de foi, de remettre sur le bon chemin, tout individu égaré. Il était le fruit de mon éducation dans ce passé où les adultes n'en étaient pas.

Je l'ai vu, entouré de pauvres arbres, avec son air puéril, il grattait sur sa guitare des notes insipides dans une forêt qui, elle non plus, ne connaîtrait jamais son heure de gloire.
J'ai découvert une part de sa vie que j'ignorais.
Pendant que j'occupais mes nuits à répondre à un besoin vital, celui de dormir, il occupait les siennes à nourrir la toile, il recevait de nombreux commentaires et likes sur quantité de sites.
Ces petits pouces levés étaient tous des affronts, des dizaines de doigts d'honneur, des « va te faire foutre » inscrits sur l'écran.
Oui, oui, chers lecteurs, vous pouvez me juger car moi-même je me sens stupide.
Je l'avais encouragé à poster des photos et des vidéos, je l'avais même félicité d'oser le faire tant il semblait difficile pour lui de franchir le pas. Des dizaines de discussions plus tard, toujours la même question revenait : devait-il le faire ou pas ?
Sa vulnérabilité, ou sa susceptibilité plutôt, était la corde sensible de cet artiste. Je devais continuellement le rassurer tout en choisissant le vocabulaire adéquat pour éviter que mes mots viennent égratigner son oreille comme des fausses notes.
Je m'occupais de la logistique et des tâches ménagères, quand il s'en désintéressait complètement.
Chers lecteurs que ce travail ingrat occupe comme moi dès votre réveil… Ce labeur ne fait pas de nous des illustres personnes et toutes ces journées qui font des mois puis des d'années sans aucune contrepartie compensatrice ne vous découragent pas.
Vous ne recevrez jamais de like et pas un seul commentaire élogieux et pourtant, il faut bien vous acquitter de ces tâches sinon vous cohabiteriez avec la crasse, les immondices et la vaisselle sale. Quel dommage que le ménage soit si triste, n'est-ce pas ?
Je veux encore parler de ces pouces levés qui me narguent, ils ne sont pas gentils avec leurs airs inoffensifs, ils sont trop nombreux, autant de voix qui me disent « Tu es stupide ! Car il t'a

fait croire qu'il était également sujet à de désolantes crises de claustrophobies nocturnes. »
Les likes ont finalement un grand pouvoir, ils éveillent les uns et endorment les autres.
Il ne mérite pas ces marques d'attention, chers lecteurs, vous vous souvenez du fameux plat de lasagnes, eh bien, retoucher une seule de ces photos lui prenait des heures, des heures d'angoisse et d'hésitation. Ah ! les méandres de l'art et ses tourments...
À présent, vous pouvez vous moquer de lui, je n'ai plus aucun scrupule à vous le demander.

Je n'ai pas grandi, mes croyances sont les mêmes que celles de tous les héros qui peuplaient mes livres d'enfant, je sais que l'ogre peut manger ses propres enfants car je l'ai vu, lui, c'était mon père.
Ma mère était sa complice.
Je portais la responsabilité de leur cruauté, j'étais du mauvais côté de l'histoire, il ne fallait pas grandir pour ne pas leur ressembler.
Il me semble que je me suis physiquement incarnée dans un de ces livres, j'ai fait corps avec ces petits héros en papier, ce sont eux qui m'ont donné espoir en m'expliquant le bien et le mal.
Cette notion, cette connaissance élémentaire, je ne la détiens que par le biais de personnages de fiction. Suis-je du bon côté ?
Je me pose tous les jours cette question !
Ils m'appelaient « petit gatillon ». C'était donc que j'étais une enfant gâtée par ses deux parents.
Les mots ne donnaient plus de sens aux actes, le mal était le bien.
Qui puis-je croire à présent ?

J'ai besoin d'amis en chair et en os mais il faut bien que je me contente de vous, mes chers lecteurs invisibles. J'ai besoin de ménager votre sensibilité mais surtout la mienne, pour ne pas réveiller trop brusquement ma mémoire. Alors, je préfère vous conter des histoires pour enfants et à la troisième personne du singulier comme une énigme à percer en plein jour, alors que l'ogre ouvrait la porte de ma chambre la nuit.

L'Enfer a de si nombreux étages que j'aimerais plutôt vous parler d'un paradis perdu, unique et féérique mais je ne m'en souviens plus, je sais seulement que je l'ai connu, avant mes deux ans et demi, c'était l'amour de ma mère. Et depuis, je suis à la recherche de cet être de lumière qui me regardait sans aucune trace d'animosité. Durant toute mon enfance, je désirais qu'elle rejoigne le bon côté de l'histoire, celle où les héros déchus redeviennent valeureux en défendant les plus faibles. Mais je n'y suis pas arrivée et je suis restée prisonnière de mes lectures enfantines. Je n'ai pas pu inscrire le mot « fin » dans mon âme et refermer le livre. Hélas, l'histoire avait continué avec le faux prince charmant qui m'a fait goûter son fiel quotidien.

Il se réveillait toujours de mauvaise humeur.
En vieux survêt et pas coiffé, je préférais l'ignorer.
Mais ce samedi 1er septembre à 13 heures, nous avons vécu notre dernière altercation. Ce jour-là, j'occupais la cuisine pour me faire à manger. Il a voulu me chasser de la pièce. Il n'avait pas pris son petit déjeuner et ne supportant pas l'odeur de cuisson de la viande, il a trouvé un prétexte pour exploser de colère. Puis, rassasié et calmé, il s'est repenti sans la moindre excuse comme à chaque fois. « Je suis désolé, j'ai fait d'horribles cauchemars, je n'arrive pas à dormir. »
C'était son leitmotiv, une façon constante de m'expliquer qu'il n'était en rien responsable de son comportement.

Chers lecteurs, je suis très en colère d'avoir inscrit une suite sans fin et permis ainsi à ce scélérat de me nuire durant toutes ces années jusqu'à ma fuite, jusqu'à cette fin.
Je l'ai quitté, et la dernière image que j'ai de lui est celle d'un héros déchu n'ayant en réalité jamais briller du moindre éclat.
Je l'ai vu ouvrir la porte de sa grotte-chambre habillé de ses indéfectibles T-shirt et bas de jogging. Cet ours mal léché et pas coiffé hibernait tous les matins de l'année, et ne se réveillait que contrarié par la lumière du jour, avec un seul désir en tête : éviter de communiquer avec moi par la parole, le geste et surtout par le regard. Pourtant, sachez chers lecteurs que j'ai depuis compris que son souhait le plus cher était que je le perçoive comme un astre incompris, lui, le splendide et lumineux artiste de la nuit.
Ma présence l'incommodait, j'étais dans l'action sans lui adresser le moindre mot gentil, le moindre like.
Lorsque j'en avais assez de sa mine de déterré et de son humeur matinale exécrable, lorsque je voulais apaiser nos continuelles tensions, je lui proposais une pâtisserie à son réveil. Je le regardais s'empiffrer, la bouche pleine de crème pâtissière. Le sucre le rendait gentil, on aurait dit un petit garçon récompensé par un bonbon. Le fiel se transformait en miel. Il me disait des phrases comme « Jamais, je ne pourrai me passer de toi », « Je t'aime à l'infini », « Personne ne peut te remplacer » ...
Et soudainement ce fut fini, je ne le supportais plus.

Il m'a envoyé un mail, on aurait dit un homme en panique. Quand nous vivions ensemble, il semblait prodiguer des conseils éclairés mais en réalité, aucun de ses jugements n'était avisé.
Je n'abordais jamais un sujet autrement que sur un ton léger ou enjoué, comme si j'avais déjà résolu la question, afin de ne pas déclencher sa fougue narcissique. Donner des leçons sur un

ton dogmatique semblait être un de ses passe-temps préférés, ne pas l'écouter constituait un crime de lèse-majesté. Interminable était sa logique d'esprit, c'était un immense puzzle, morcelé d'exemples relatant toutes ses difficultés suivies de ses victoires. Le monde évoluait en fonction de sa personne et rien ne pouvait le surprendre, il était parfaitement droit dans ses certitudes, comme celle selon laquelle jamais, je ne le quitterais.

La bête est dans mon ventre, elle résonne de toute sa rage d'enfant abusée et peu importent les années, elle est à dompter jour après jour comme un félin impossible à domestiquer. C'est un animal féroce qui a grand besoin de dépense physique, il faut encore aller courir, suer et transpirer ma colère malgré mon épuisement.
Il va devoir se trouver un autre objet expiatoire, je ne ferai pas cette affaire-là, je ne m'associerai pas à ce commerce de bêtes stupides.
Sa bête ne loge pas dans son ventre mais dans sa tête, je trouve cela plus dangereux.
Va-t-il faire un séjour en hôpital psychiatrique ?

Il m'écrit qu'il va se prendre en main et dans le même courrier, qu'il est en permanence au bord de la crise d'angoisse, qu'il serait bien incapable de faire quoi que ce soit lié à la recherche d'un appartement.
Ce très long mail m'a angoissée. Une vieille habitude chez moi, comme un réflexe inconscient, celle d'une soignante au chevet d'un mourant, qu'elle ne peut abandonner. Mais cette fois, mes jambes ont tremblé, elles voulaient fuir ce sacerdoce. Mon corps est plus intelligent que mon esprit.
Ses mots sont incohérents. Comment allais-je payer le loyer ? C'était une grande inquiétude épistolaire chez lui, sans doute

espérait-il que je devienne raisonnable encore une fois.

J'ai répondu à son mail : « Ne t'occupe pas de la manière dont je vais payer le loyer puisque tu es incapable de gérer tes émotions. »

À ce garçon romantique qui dans notre passé commun avait eu des réactions vives sur la manière dont je devais mener ma vie, à ce sage aguerri à toutes sortes d'expériences difficiles, à cet homme prétentieux, j'aurais voulu écrire qu'il n'était rien en réalité qu'un impuissant.

Mais hélas, il se trouvait chez moi et je devais m'en souvenir.

Je recevais quantité de mails que je ne lisais pas car je savais qu'il me manipulait.

Je souhaite écrire ma rage, il devient urgent de le faire et tant pis s'il reste à l'avenir une preuve tangible de ma grossièreté. J'aimerais tant aussi lui dire ceci : « Va te faire foutre ! »

Car je sais à présent que j'ai toujours été son petit paillasson blond.

Vendredi 28 septembre

Au réveil, plus qu'un réflexe, une urgence, celle de penser à cet homme qui a partagé mon existence durant quatorze ans, avec cette question qui fait mal : me suis-je fait avoir durant plus d'une décennie ?
Certains estiment que la gentillesse est synonyme de bêtise, mais j'imagine que la plupart pensent qu'elle est une vertu, sauf lorsqu'elle se fourvoie dans une relation affective inégale. Dans ce cas, la bienveillance devient bêtise, et j'en conclus que je suis une crétine sans cervelle. Il me semblait pourtant que j'avais fait preuve de capacités de réflexion en m'échinant à essayer de comprendre, jusqu'à l'épuisement, cet homme à la double personnalité ! Il savait se donner le rôle de la pauvre victime et je dois reconnaître que j'étais orgueilleuse. Je m'étais crue supérieure mais en fait nous avions la même ambition, celle de réussir au nom de l'amour ! En chœur, nous déclarions connaître les lois de la longévité du couple moderne, et nous affirmions que l'échec affectif était le résultat d'une ignorance que nous ne possédions pas. En réalité, nous étions deux enfants apeurés par l'abandon et le rejet.

J'ai de la peine à croire ce que j'écris, ces phrases sont terribles, elles me viennent et j'ai envie de jeter mon ordinateur à terre comme je déchirerais un stupide roman de gare. Page après page, nous avons écrit une histoire d'amour insatisfaisante. Hélas, je dois bien l'admettre, la médiocrité s'invitait chez nous jour après jour, je la préférais sans doute à la crainte de découvrir la face cachée de mon héros de seconde zone.
Nous avons été deux avatars créés par deux enfants en mal de repères, sans aucune solidité. Mais la sécurité n'a jamais coexisté avec la prédation…

Vous connaissez la fable des trois petits cochons, n'est-ce pas ?
Il existe une version où rôdent non pas un loup, mais plusieurs.
Et les maisons s'écroulent sans même un coup de vent extérieur.
Alors les trois petits cochons comprennent qu'aucun d'eux n'est à l'abri. Ils s'en souviendront et aucune demeure ne sera jamais paisible.
Je suis un petit cochon orgueilleux car j'ai abrité le prédateur en ma demeure en pensant en faire un agneau.
De plus, je souffre d'un sentimentalisme outrancier, je trouve toujours une raison d'excuser le mal, tout en éprouvant la satisfaction morbide liée au sacrifice. C'est moi, le petit cochon rose que l'on mène à l'abattoir et qui consent à mon sort par pur masochisme.
Le rose était ma couleur préférée, comme presque toutes les petites filles.
Je n'avais d'importance aux yeux ma mère que lorsque je l'empêchais de faire une bêtise. Je lui parlais pendant de longues heures tandis qu'elle serrait dans son poing fermé une lame de rasoir ou bien qu'elle projetait de se rendre sur un pont au nom connu de tous, notamment de son petit animal qui devait réfléchir vite et bien, et le petit cochon finissait toujours pas déjouer le plan macabre de sa génitrice, la truie.
La maison ne s'écroulait pas.
Un demi-siècle plus tard, c'est-à-dire presque une vie entière, j'ai compris que ce n'était qu'un jeu de dupes car il n'était plus question pour elle de mourir lorsqu'on lui annonça un cancer du pancréas incurable.

Le fantôme de celle qui m'avait donné la vie se manifestait à travers lui. Il avait les mêmes humeurs changeantes que ma mère éternelle et cruelle, que j'aimais à travers lui. Je craignais qu'il se suicide comme elle.

Ses mails regorgeaient de phrases contradictoires et de menaces voilées. Il était fort, faible, en colère, triste mais joyeux, il allait s'en sortir et finalement, je ne voyais que des appels à l'aide. Mais je savais à présent qu'il avait un talent particulier, celui de changer de masque. En société, il était réservé et introverti, un parfait modèle de résilience.

Je préfère me venger sur une tartine parce que l'absurdité de ma vie me donne envie d'envisager le tout comme une grosse farce existentielle. Déguster de la confiture maison est un acte de résistance. Je me suis munie du matériel au préalable, quatre pots emportés dans ma valise. Je savais qu'ils seraient nécessaires à ma survie, les souvenirs ne s'effacent pas aussi facilement et la confiture est un plaisir simple qui, à présent, m'est accessible.
J'avais quatre ans et derrière l'écran de télévision, une mère de famille tout sourire s'était approchée de la table de la cuisine avec un pot de confiture et s'était dirigée sans hésiter vers un enfant pour lui préparer sa tartine. Les bonnes mamans se repèrent ainsi, à leur talent de confiturière. La preuve en est le produit de cet entrepreneur qui, comme moi, a compris cette association liée au bonheur : les confitures Bonne Maman se vendent dans le monde entier. À présent, je préfère les miennes, faites maison.
Il y a un jardin dans cette maison où je loge provisoirement, ses occupants sont partis, me laissant seule, occupée à manger ma tartine.

Je regardais le ciel lorsque soudain je fus attirée par une nuée de volatiles sombres se détachant du ciel et volant dans ma direction. Tous se sont posés en même temps sur le bouleau : c'étaient des étourneaux, qui, par dizaines, étaient venus me tenir compagnie. L'arbre était devenu une maison joyeuse emplie de petits chahuteurs, ils recouvraient les branches délicates, formant une vision exotique. Zébrées de blanc et de noir, les branches de l'arbre se sont agitées avec des mouvements de clochettes. Mes yeux ont pénétré dans ce mouvement scintillant de cris aigus, entrecoupés de sifflements et de chants. Chacun semblait vouloir rivaliser d'imagination.

Puis, à l'appel silencieux du ciel, les oiseaux se sont envolés bruyamment, ne laissant rien derrière leur passage éphémère, pas un seul d'entre eux n'avait été oublié, c'était leur société, elle était faite ainsi. Ils ont laissé un grand vide et il m'a semblé entendre au loin, les pleurs d'un enfant. Il y avait bien d'autres bruits mais celui-ci, j'ai eu du mal à le supporter.

Je me retrouvais seule et cette solitude m'a donné un tel vertige que j'ai senti sans le moindre mouvement de ma part tout mon corps s'effondrer. Et très vite, assise sur une simple chaise de jardin, un précipice s'est ouvert sous mes pieds m'entrainant comme aspirée dans un gouffre invisible à ma vue. La terre s'est fendue, elle semblait vouloir m'enterrer avec l'aide d'une main invisible. Des sensations horripilantes ont saisi mes deux chevilles. Mes deux jambes rétrécissaient et se liquéfiaient afin de prendre la même dimension que ce goulot maléfique. Si l'enfer possédait une entrée, j'avais été appelée à m'y rendre contre ma volonté. Mais j'ai résisté de toutes mes forces à l'appel, je n'ai pas cédé à ce corps étranger qui avait pris possession de mes membres inférieurs. Je me suis levée toute chancelante de cette chaise avec une seule directive, celle de rester élégante en toutes circonstances, fût-ce en face du Diable en personne. Le désespoir ne pouvait s'accorder de préoccupation d'ordre esthétique. Je suis donc restée digne en me levant de ce siège infernal et j'ai titubé élégamment jusqu'au robinet de la cuisine où je me suis aspergée d'eau froide.

Je n'ai pas cédé à cette force qui avait tenté de me dissoudre comme un corps immatériel. Sans doute était-ce le désespoir, mais je n'ai versé aucune larme après cet instant de pure terreur. Pleurer sans personne pour me consoler n'aurait fait qu'aggraver mon mal-être.

À nouveau la colère m'a sauvée de l'écroulement lorsque j'ai reçu un mail de mon ex.

Aujourd'hui comme hier, il n'y avait jamais eu de présence à mes côtés pour me soutenir et j'avais refusé la seule attention matérialiste d'un membre de ma famille.
J'avais refusé son lot de consolation qu'elle gardait à son poignet, ma grand-mère paternelle était morte dans l'ignorance de mes besoins réels. C'était ce qu'elle avait de plus précieux à m'offrir et sur son lit d'agonie, elle était parée de bijoux. Elle pensait que je les lui retirerais, comme elle me l'avait demandé. À cette époque, je ne possédais pas encore le vocabulaire nécessaire, les mots qui auraient exprimé ma fierté blessée, celle de n'avoir pas voulu quémander son amour comme une mendiante. Elle était restée comme de son vivant dans la mort, sèche et froide. Mais je suis fière d'avoir sciemment fait en sorte que cette femme aux poignets creusés par l'âge et toujours parés de cet or inutile, aux bras qui ne savaient pas enlacer, ni réconforter, à la bouche qui ne savait que comparer et juger, au regard aigri, aux doigts crispés par la peur de mourir, je suis fière d'avoir fait en sorte que cette femme parte avec ses regrettables trophées.
Je m'adresse à tous ceux qui, comme elle, ne savent pas donner l'essentiel, je vous prie de faire preuve d'un minimum de correction, soyez comme cette vieille carne coriace à la souffrance et ne me faites pas croire que vous êtes capables d'aimer.
Il faut lui reconnaître cela, elle était cohérente, elle n'a jamais

prononcé ces deux mots : « Je t'aime. »
Tandis que lui, cet homme aux mails et aux mensonges multiples me répétait sans cesse son amour.

Son amour était une prison violente mais souvent monocorde comme le bruit de sa guitare. Il jouait un spleen décourageant, des notes grattées paresseusement sur le canapé du salon ou devant un écran. J'ai supporté sa musique disharmonieuse pendant des années pour finir par détester tous ses airs de guitare.
À présent, je déteste cet instrument. Mes nerfs sont à fleur de peau dès les premières notes. Et comme pour ma grand-mère, je souhaiterais lui laisser sa guitare quand sonnera l'heure de son dernier rendez-vous.
Par-dessus son corps reposerait sa guitare préférée bien astiquée. Il serait dans un cercueil en acajou, comme son instrument. Une belle qualité de bois, une essence précieuse. Je connais, bien malgré moi, le nom des plus chers bois issus d'Outre-Atlantique, du Canada et de toute la stratosphère du net, j'ai lu et vu des kilomètres d'informations et de photos sur le sujet.
Les pompes funèbres seraient la dernière destination de ces musiques dissonantes et enfin, je n'entendrais plus jamais parler de ce qui se fait de mieux en matière d'instrument.

Décrire cet homme est un exercice lassant, une issue dramatique serait plus profitable pour la suite de l'histoire, sinon mon journal risque d'être aussi insipide que ce personnage.

À force de vous imaginer, chers lecteurs, vous devenez réels et je veux donc vous donner l'envie de me suivre jour après jour.
Ne vous faites pas de souci pour moi, je souffre, contrairement à mon aïeule, mais je possède ce courage qu'elle n'a jamais eu, la faculté d'aimer.

Samedi 29 septembre

Voilà, je ne voulais pas m'excuser auprès de vous, il y a deux jours de cela, eh bien je le fais à présent. Je ne sais pas vraiment ce que j'ai écrit, il se peut que mon style soit déplorable sous l'effet de la colère permanente.
Hier, jusque tard dans la soirée, j'ai déterré la racine d'une plante grimpante qui m'a envahie et me fait perdre mes facultés intellectuelles, pour enfin laisser place à la frustration.
Je n'avais pas compris à quel point la rage plongeait en moi pour mieux se déployer jusqu'à m'en faire perdre le sommeil. Je déteste ce lit, il m'apparaît comme une terre mortifère où, pour ne pas m'endormir sur un cauchemar, mes jambes refusent le repos et mes mains retournent sans cesse l'oreiller. Il devient la source de tous mes problèmes et je l'agite, essayant de me battre contre ses plis qui me dérangent constamment. Puis, au réveil, les évènements s'enchaînent comme une maladie attrapée dans mon sommeil, une suite de catastrophes causée par mes agissements sans que j'en saisisse les symptômes car il ne semble s'agir que d'une légère mauvaise humeur matinale. Mais en réalité, c'est une œuvre de destruction massive, une énergie latente exponentielle qui se réveille dès qu'elle croise un autre être humain. Tel est le mécanisme de mon dérèglement mental.
Tout paraît donc normal et pourtant ma colère peut se déchaîner dès que je croise une personne de mon entourage et sans raison, j'éprouve le besoin impulsif de me décharger sur un innocent qui n'a absolument rien fait ou dit pour me contrarier.
En résumé, je ne m'appartiens plus.
Cela vous rappelle-t-il quelqu'un ?
Oui bien sûr, mon ex, mais il ne vit plus avec moi pour contrebalancer ma fâcheuse habitude de me comporter ainsi, je n'ai plus de boussole, plus de direction à prendre.

Je deviens agressive et ces gens sympathiques qui ne comprennent pas mon comportement s'en défendent et curieusement s'en prennent à moi, pauvre victime innocente. Ils sont devenus antipathiques mais c'est tout à fait normal, ils collaborent avec mes idées, le monde est méchant et voilà, je détiens la preuve qu'il me fallait !
Suis-je folle ?
Oui, je l'affirme sans assumer ce malheureux constat.

Je ne suis pas allée courir ce matin afin de suer ma colère, elle me colle à la peau si intimement qu'elle est mon identité, j'ai perdu toute trace d'une autre émotion, elle va jusqu'à s'agripper à la moindre de mes pensées.

Les gens chez qui je loge ne me ressemblent pas, je vais devoir apprendre à vivre autrement.
Je vis deux existences en parallèle ; dans l'une, j'arbore un visage lisse et neutre et je discute avec des gens ; dans l'autre, un deuxième moi inspecte chaque mot prononcé, jusque dans sa tonalité, afin de ne pas déraper dans les extrêmes.
Si je ne me maîtrise pas, je risquerais de perdre le confort que l'on m'accorde. Les personnes qui m'hébergent et me laissent en toute confiance leur chat parce qu'ils vont partir en vacances s'interrogeraient sur la pertinence de leur générosité à mon égard. Ils auraient raison de se poser cette question : est-il raisonnable de laisser une telle personne chez nous ?
Les conséquences pour moi seraient catastrophiques car dans mon état, où pourrais-je atterrir sinon dans une chambre d'hôpital ?
Ceci est le résultat de l'enfer créé de toutes pièces par mon imagination délirante.
Mon envie première est d'exploser comme un volcan, ravageant

tout sur son passage mais la petite parcelle de raison qui me reste me murmure de ne pas céder à la tentation. Il y a toute sorte de folie et celle-ci n'est pas un gai électron libre mais plutôt un étron hors de contrôle. Autrement dit, après avoir envoyé chier le monde entier, je me retrouverais dans la merde !

Admettons que mes hébergeurs comprennent que j'ai les nerfs à vif et partent en me laissant la clef. J'habite dans cette maison vidée de ses occupants habituels, avec ce locataire insupportable : mon dysfonctionnement. Je n'échapperais pas à un crash fatal, je ruminerais toute la journée pour ne pas sentir ce vide qui ne prend jamais de vacances. Et déjà, j'entends dans mon maudit crâne résonner des phrases mesquines.

Chers lecteurs, j'ai besoin d'un peu de votre compassion parce que je me sens indigne, comme l'amie que personne ne souhaiterait connaître, j'ai besoin que vous entendiez un peu mon mal-être.

Peut-être que vous iriez jusqu'à me donner le droit de déprimer à voix haute sans me déloger de chez vous, alors je pourrais vous dire sans crainte :

« J'ai mal, je vais mal… »

Vous n'auriez sans doute pas de réponse à me donner mais je vous l'ai dit, je suis suffisamment lucide pour pouvoir entendre la vérité. Et c'est cette vérité qui est insupportable et celle-ci, je la tairai, je ne leur dirai pas :

« Vous ne m'aimez pas. »

Ma fille et mon gendre partent en vacances, ils ne se soucieront pas de moi comme à leur habitude. Certes, ils vont me téléphoner à propos du sacré de Birmanie, me parler avec enthousiasme de leur séjour et je n'ajouterai rien pour ne pas gâcher leur joie. Avec vous, je partage ma rancœur, je dis oui à la maison avec son confort et non à la garderie animalière.

Qui suis-je pour eux ? Rien, juste une parenthèse que l'on re-

ferme et qu'on ouvre suivant les besoins.
Je ne peux pas me plaindre de leur indifférence, ils aiment au conditionnel et moi, au présent. Avec ce grand décalage et avec mon grand déballage d'émotion, j'ai été bien incapable de leur exprimer mon besoin de réconfort et d'affection. Il ne me reste que la jalousie et l'aigreur en me rappelant leur bonheur et la vision de leurs sourires insouciants de vacanciers.
Ils m'ont laissée là comme une orpheline pleine de souvenirs malheureux, de milliers d'heures d'abandons et de rejets.

Désenchantée, je naviguais parmi les débris de mes illusions perdues dans cette maison sans aucun bruit sauf celui du chat qui se frottait à mes jambes, me hérissant les nerfs. Je résistais à le chasser du pied car je savais qu'il était inutile de le faire. Ce chat était le miroir de ce que je haïssais, le reflet exact d'un amour sans fin, d'une demande jamais satisfaite sans aucune contrepartie. J'ai d'abord dédaigné ses demandes de caresses, et finalement, j'ai fait un effort car cet animal ne pouvait pas me décevoir. C'était juste une bête mais il suffisait de remplir sa gamelle, changer sa litière, lui prodiguer des caresses pour qu'il soit heureux. Il me l'a fait savoir en me regardant avec reconnaissance.
Je n'étais plus seule, j'avais un ami.

Dimanche 30 septembre

Je me suis levée ce matin après une nuit propice à la réflexion. Chers amis lecteurs, je voudrais que vous montriez de l'empathie à mon égard ; je serais même prête à vous donner la parole pour que vous puissiez me témoigner de l'affection.
Je me sens si seule, si seule avec cette petite voix méchante qui m'a renseignée, elle m'a dit :
« Tu vas très vite être remplacée dans le cœur de cet homme qui te jurait son amour et t'écrivait récemment par courriel qu'il n'allait pas survivre à votre rupture. »
Et cette petite voix méchante mais lucide a ajouté :
« Sa priorité n'est pas de trouver rapidement un logement mais plutôt de former un couple avec un objet de substitution. »
Souvenez-vous, je pensais qu'il incarnait le parfait romantique, il m'a fait croire que j'étais unique. Je suis une femme pragmatique et effectivement, il vaut mieux qu'il se trouve une remplaçante au plus vite afin qu'il cesse de me harceler par mail. Mais pensez à mon petit cul qui se croyait indispensable alors qu'il se pourrait que la prochaine recrue possède une paire de seins considérables. Cette nouvelle détentrice mammaire serait une parfaite mère pour lui.
Je suis sûre qu'en moins d'un mois, il trouvera celle qui deviendra à son tour, l'unique et la plus exceptionnelle des femmes.
D'abord, je voudrais insulter cette inconnue car je suis très vexée et puis je la remercierais.
« Merci, Madame, vous me rendez un grand service. Je suis un peu énervée à l'idée de n'avoir été qu'un objet mais en pensant à tous les problèmes complexes qui vous attendent, je vous plains. Et même si l'embauche n'est pas sévère (je m'inclus), une fois la place prise, il ne faut surtout pas se fier aux apparences de la facilité. Parlons justement de votre apparence. Madame ou

Mademoiselle, il vous faudra garder un sourire de Joconde pour lui plaire. Vous vous sentirez unique telle une Mona Lisa mais il n'est pas ce peintre génial et elle, sa muse, contrairement à vous, ne s'épuisera pas tandis que vous, vous atteindrez des sommets d'incompréhension et forcément, votre visage ne pourra arborer un air doux en toutes circonstances. Sachez bien que vous êtes, tout autant que moi, une marchandise à consommer.
Avant de le réaliser, faite en sorte de le calmer afin qu'il se concentre sur une autre habitation que la mienne et si l'idée vous venait de l'héberger, eh bien, je serais extrêmement heureuse et mon sourire serait bien plus large que celui de cette femme adulée et connue du monde entier. »
En espérant ce dénouement tout en imaginant ce traître roucouler des mots doux à sa nouvelle conquête, il m'est venu une envie soudaine de mordre rageusement quelque chose de consistant, comme une pomme de terre frite.
Que ça craque, et que ma bouche soit remplie de bruit, de sel et que les dents claquent. Il me faut un paquet tout entier, je souhaite l'écœurement alimentaire plutôt qu'une énième désillusion. Mais les placards sont vides.
Et la vilaine voix est revenue sans rencontrer la moindre nuisance sonore.
« Qu'as-tu fait, à part le rassurer, le réconforter, l'encourager, le féliciter, le complimenter ? Eh bien tu as fait plus, tu as pris toutes les responsabilités de ses émotions. Et quand tu étais en panne d'idées, tu allais lui acheter des friandises comme une mère fait avec son enfant capricieux.
– Oui, d'accord, ai-je répondu, j'ai été cette personne. »
Et la voix s'est tue.
Au coucher, j'ai souhaité la bienvenue à la nouvelle princesse car il est plutôt rassurant de savoir que je ne suis pas la seule à croire aux contes de fées.

Lundi 1ᵉʳ octobre

Hier soir, mes intestins se sont réveillés douloureusement tandis que j'essayais de dormir.
À toi cher journal intime, je peux partager ce genre d'expérience.
Il se passe de grands bouleversements dans ma vie et mon ventre l'a manifesté par des bruits de tuyauterie. Mon corps ne semblait pas content et je ne le comprenais pas, ne voulait-il pas que je profite de ma nouvelle liberté ? Comme à son habitude, il était un frein à ce que mon avenir s'améliore. J'ai fini par penser qu'il était un traître n'ayant d'autre préoccupation que celle de me nuire continuellement puisque je n'ai aucun contrôle sur mes nombreux maux de ventre et de tête qui se manifestent à la moindre occasion. Ces douleurs voyagent en moi tels des migrants qui ne trouveraient jamais une terre propice, elles hésitent sur quelle partie de mon corps se fixer et lorsqu'elles rencontrent le moindre virus, elles copinent immédiatement comme si enfin, elles avaient trouvé un asile confortable.
Si mes intestins m'avaient clouée en deux devant la porte de mon appartement lorsque nous habitions ensemble, j'estimais qu'ils n'avaient plus à le faire. Ne leur avais-je pas obéi !?
Peut-être qu'ils n'aimaient pas cette autre femme qui allait me remplacer !
Je trouve leur révolte pénible et ces douleurs constantes sont une charge trop lourde à porter, j'avance comme un cheval de trait, asservi à toutes les souffrances causées par un propriétaire despotique.

Hier soir, je me suis indignée contre un animal minuscule, un moustique qui cherchait une proie. Quand l'insecte s'est manifesté par un bruit de trompette zigzagante, que je l'ai senti intri-

guer en survolant mon épiderme, j'ai piqué une grosse colère, elle est sortie des tréfonds de ma cervelle en révolte, et j'ai bondi hors de mon lit. Ce moustique était forcément du même sexe que moi, une femelle et ce n'était pas un détail, je ne pouvais l'ignorer.
Quarante-cinq minutes plus tard, je la tuais. Il m'avait fallu faire preuve de ténacité car ce n'était pas une greluche naïve et encore moins une débutante inexpérimentée. Elle avait été une adversaire redoutable et sa mise à mort avait été très sportive car je loge sous les combles. Le plafond dessine un V inversé et le plancher craque. Mais j'avais un véritable radar en tête, il me signalait que chaque centimètre avait été bien inspecté, et j'ai fini par la débusquer ; immobile, cette femelle attendait son heure pour sucer mon sang. J'ai rampé le long de la partie la plus étroite de la chambre et je l'ai écrabouillée comme si elle était l'autre, ma remplaçante ou plutôt, mon ancien moi.

Ce matin, il n'y a plus personne à combattre et je le regrette.
C'est lundi et malgré mes crampes abdominales, je vais aller courir afin de sentir mes intestins protester car c'est à moi de prendre le pouvoir sur ce corps qui refuse de m'obéir. Le bord du lac avec ses multiples demeures de millionnaires sur les hauteurs de Vésenaz sera mon terrain pour aller courir : je me réjouis d'enfreindre la règle en usage, celle de ne pas déranger ce monde qui vit en vase clos.
Mon idée est de désobéir à ce qui est raisonnable et conforme, soit rester au lit, prendre des cachets et attendre que mon état passe tout en maudissant mon triste sort. Je préfère aller courir le long d'allées bordées de villas luxueuses toutes barricadées comme des forteresses imprenables. M'imaginer côtoyer ce monde sans âme vivant reclus dans une immobilité permanente alors que je suis survoltée par l'injustice me rend plus combat-

tive que jamais… Je veux courir spécialement à cet endroit à la façon d'une rebelle refusant les codes de bonne conduite. Cette fois-ci, même si je danse, je ne commettrai pas d'attentat visuel car les trottoirs sont des déserts dépeuplés et je sais déjà que la seule manifestation de vie viendra d'un ou plusieurs chiens qui surgiront en aboyant rageusement contre moi. Par leurs aboiements, ces bêtes me feront comprendre qu'un riverain sans voiture est une aberration par ici.

Je me réjouissais d'avance de cette confrontation mais hélas, je suis rentrée avec une tête d'enterrement.
Ce qui m'arrive n'est pas joyeux et j'ai envie de proférer des injures, mais assez de la solitude ! Il me faudrait un auditoire compréhensif. Alors, chers lecteurs, permettez que je me lâche de temps en temps et ne me jugez pas.
Une rupture, c'est un marathon, au début ça paraît facile et puis, assez rapidement d'ailleurs, vous comprenez qu'il va falloir du temps.
Dans cette course de fond minée, l'urgence est de ne pas exploser en route.
Je suis en proie à de si fortes émotions que mes fonctions intellectuelles disjonctent et d'ailleurs, je n'ai plus envie de réfléchir, penser me fait trop mal…

Je n'ai pas envie de finir comme une de ces héroïnes tragiques dont la littérature du XIXe siècle regorge. À présent, tout le monde a compris qu'il était ridicule de perdre sa santé pour un homme ou une femme.
Je suis à cran et j'aimerais adopter un style d'écriture bref et brut, écrire avec mes tripes à l'air. D'ailleurs, cette partie de mon organisme va mal. Et si des détails tels que les intestins d'Anna Karénine n'étaient pas à la mode au siècle du roman-

tisme, aujourd'hui, il n'existe plus de censure à ce sujet.

Je suis K.O., mais il faut continuer jour après jour.
Je fais maintenant partie d'un monde irréel, les gens continuent de vivre tandis que je suis dans un état second, je suis même surprise qu'ils vivent en ma présence.
Leurs vies qui défilent sous mes yeux me semblent choquantes, ces gens vont à la poste, achètent des commissions, boivent une consommation à une table de café.
J'ai l'impression de ne plus faire partie de cette société-là. Ma vie est en suspens, je flotte entre deux mondes, le leur et le mien.
Cette après-midi, j'ai pensé avec effroi que peut-être j'allais cesser d'appartenir à l'espèce humaine à cause d'une cape d'invisibilité qui me cacherait à la vue de tous.
Mon esprit divague. Il trimballe une telle masse d'émotions négatives que ça doit tout de même se voir !
J'aimerais qu'une seule personne arrête une seule de ses activités pour me réconforter par seulement quelques mots.
Je coule à la vue de tous. C'est un naufrage, je me vois sombrer dans cet océan de solitude entourée de centaines de gens.

Où sont mes amis ?

Ma tête a rejoint mon corps, elle est traître elle aussi, car elle m'a dit cet après-midi :
« Retourne avec lui, tu es seule ! »
Puis :
« As-tu fait le bon choix ? »
Ainsi, j'ai compris que je ne possédais plus qu'une cervelle molle, prête à abdiquer pour ne plus sentir l'abandon.
Aucun de mes amis ne fait l'effort de se soucier de moi. Me comprendre ne fait pas partie de leurs prérogatives. Je le sais et

même les séparés, les divorcés et ceux restés célibataires sont aux abonnés absents. Ils n'ont pas envie de se remémorer certains épisodes de leur vie à travers moi ! Cette cassure dans leur existence, ils ne veulent pas s'en souvenir.
Quant à ceux qui sont en couple, c'est pire ! Ils pourraient roucouler devant moi afin de se rassurer sur la solidité de leur couple, ils pourraient même aller jusqu'à jouer du corps à corps comme ces oiseaux exotiques que l'on nomme « inséparables », se frotter l'un à l'autre et ça, je ne le supporterais pas. Ou alors, l'un des deux parlerait de sa dernière rupture, il me la raconterait en n'omettant aucun détail avec un détachement suprême en pensant sans doute m'aider.
Et puis, il y a les incrédules, ceux qui refusent l'idée de la fin d'un couple et qui me diraient qu'il n'est question que d'un mauvais passage, que je finirais bien par me réconcilier avec lui.
Il y a aussi :
Les comiques qui auraient une bonne blague à ce sujet.
Les absents qui de toute façon l'étaient avant.
Les nostalgiques qui me rappelleraient certains souvenirs et qui diraient : « Comme vous faisiez un beau couple ! »
Les neutres qui ne parleraient pratiquement pas, de peur de prendre parti.

Et il y a mon ex, qui se morfond dans de profondes lamentations. Je l'ai quitté, il a de quoi partager, il a un début d'histoire à raconter, seul dans mon appartement. Je suis la méchante qui continue à faire ses commissions, à boire une consommation attablée à un café, je peux même courir, nager, sourire et rire.
Il a partagé son chagrin au téléphone avec ma meilleure amie, oui, la propriétaire des heureux animaux de compagnie, celle qui m'avait accueillie sur la mauvaise couche de son canapé. Elle m'a dit à quel point il allait mal ! Il faudrait que je lui parle du

sens de l'amitié mais je n'ai pas la force de le faire. J'ai à peine celle de décompter mes amis. Il ne reste qu'une seule personne qui est toujours là pour moi dans les moments difficiles.

Exiger qu'il parte de chez moi sur-le-champ est impossible. J'aimerais pouvoir le soulever par le col de sa veste et le faire valser dans le talus le plus proche et enfin mettre ce gamin vicieux à la rue afin qu'il comprenne qu'il ne mérite pas ce confort.

Mardi 2 octobre

Je ne conserve plus qu'une seule fréquentation, elle est revenue en début de soirée, elle était encore plus sombre que le jour précédent – ma souffrance.
Elle m'a accompagnée lorsque j'ai allumé la télévision. Heureusement, une lumière consolante est sortie de l'écran. Il s'agissait d'un film basé sur une histoire vraie. Grâce à lui, je me suis souvenue d'où je venais et surtout que, à l'instar du protagoniste, je n'étais plus obligée de subir la loi des autres. Il avait grandi dans un quartier gangrené par la violence érigée en loi par des gangs, qui s'octroyaient le droit de vie et de mort sur tout le monde ou presque. Il n'est pas nécessaire de voir le jour dans un de ces quartiers américains pour connaître l'enfer. L'enfer gît parfois dans un simple appartement familial. Il désirait s'en sortir afin de préserver le seul bien capable de le transcender, l'amour qu'il portait à son enfant. Nous étions semblables.

Chers lecteurs, il est temps de vous faire part de ma véritable histoire. Comme le personnage du film, je n'ai plus les moyens de tergiverser. Il va à l'essentiel, il est courageux. Je dois m'inspirer de personnes comme cet homme qui veut crier sa vérité par l'écriture.
Jusqu'à maintenant, je désirais vous épargner, je distillais des informations au compte-gouttes mais j'estime qu'à présent, il faut que vous sachiez.
Je n'arrive plus à me taire.

Je vous prie, restez mes amis et souvenez-vous, à la première page de mon journal, j'ai mentionné un âge, deux ans et demi. Ce n'est pas par hasard.
À trente-deux mois de vie seulement, la seule arme dont je dis-

posais était la gentillesse, je voulais croire qu'elle était l'antidote à la mort et que mes parents se rendraient compte que j'étais très sage.

Dans le film, ce père de famille écrivait son histoire avec l'espoir d'être publié, il n'avait pas un style académique, ses mots étaient bruts comme son existence. Et parmi toute cette violence, la haine et la barbarie, il écrivit : « Écoute ton cœur dans l'adversité même si tu dois en mourir. »

Alors, j'ai compris, il n'y avait rien eu de plus féroce que mon enfance.

Une rupture affective était beaucoup plus facile à vivre et vu sous cet angle, elle n'était qu'un feu de paille qui s'éteindrait vite.

Il n'était pas si important que ça ! Et s'il existait un homme ou une femme capable de me détruire, c'étaient ceux-là mêmes qui m'avaient donné la vie. Mais ils n'avaient pas réussi.

Dès que j'ai su lire, j'ai compris la vie à travers les contes pour enfants, elle m'est apparue comme une suite d'épreuves à surmonter. Cette idée est devenue pour moi une méthode cathartique. C'était d'ailleurs la réalité du monde dans lequel je vivais, avec ces enfants trahis, malmenés, rejetés et dont les bonnes actions trouvaient un écho favorable dans leurs triomphes contre les forces du mal.

Ces livres me redonnaient espoir et m'inculquaient des valeurs morales.

Mais le temps s'était arrêté et adulte, j'étais restée cette enfant crédule, prête à distribuer ses bons sentiments au premier venu en difficulté.

Mon déni ou plutôt ma naïveté n'étaient que les symptômes de mon traumatisme.

Je comprenais à présent, et avec douleur, que j'étais atteinte du syndrome de Stockholm.

J'avais grandi en étant reconnaissante à mes parents car ils ne m'avaient pas abandonnée dans une forêt. J'avais donc plus de chance que Hansel et Gretel.

Et plus tard, lorsque la mémoire m'est revenue, la mode de la résilience a fait une émule de premier choix. Cette maxime célèbre, « ce qui ne me tue pas me rend plus fort », m'a fait croire que je faisais partie de l'élite sauvée des cataclysmes humains.

En réalité, je désirais que ces mains et son sexe d'adulte n'aient laissé aucune trace sur moi. Effacer cette réalité afin qu'elle n'ait jamais existé, l'effacer aussi facilement que des fautes d'orthographe, avec une gomme, rayer de la surface de mon épiderme toutes ces fautes honteuses et sales.

Quelle naïveté !

Il faut certainement être un enfant dans un corps d'adulte pour avoir ce genre d'idée ; glorifier le malheur, le combattre, y gagner de la valeur et sans doute, finir par triompher.

Il faut avoir su très tôt que le monde est si triste qu'il faille le parer de maintes illusions.

Mon imagination a bâti des édifices qui se sont tous écroulés, et je reste seule avec moi-même et les démons de mon passé.

Nietzche n'a pas résisté à la barbarie humaine, la folie a été son refuge.

Il ne me reste que vous, chers lecteurs, résistez et poursuivons.

Mon père était parti au travail, ma mère a découvert la scène du crime sur mon lit. Il y avait du rouge et cette couleur me terrifia. Debout, hagarde dans le couloir, je l'ai vue devant le lavabo, furieuse, frottant ma culotte. Mais ce qui m'a sortie de ma

léthargie fut l'odeur de l'eau de Javel. J'ai retrouvé mon esprit pour le perdre aussitôt. Puis, au petit déjeuner, elle a enfoncé dans ma bouche une cuillère de nourriture et m'a dit d'un ton sec et tranchant comme le rebord de l'ustensile :
« Tu ne vas pas faire d'histoires pour ça ! »

Aucune fée ne s'est penchée sur mon berceau.
Et le monde que je connaissais s'est écroulé.
Ce matin-là, quand elle m'a réveillée, elle n'était plus la mère que je connaissais le jour d'avant.

Mon géniteur avait choisi sa future femme en sachant qu'il pourrait en faire sa complice et la pervertir, contrairement à sa mère qui par aveuglement l'avait laissé entre les mains de son bourreau de père. Exilée de la guerre d'Espagne, celle-ci avait difficilement renoncé à son nom à particule par amour pour un roturier suisse avec qui elle avait fondé une famille. C'était l'histoire romantique qu'elle aimait raconter. Jamais elle n'a révélé les sombres secrets familiaux. Elle préférait se vanter de l'armada de domestiques qu'elle a eue à ses ordres dès l'âge de onze ans. Dès son arrivée à Genève, elle a commencé sa nouvelle vie comme le commun des mortels de l'époque, vivant chichement mais toujours pleine d'un sentiment de supériorité.
De son existence, je n'ai connu que ses vantardises maintes fois répétées ; j'imagine que lui aussi avait dû l'écouter parler d'elle ainsi, alors que son mari avait fait de son fils sa chose.
L'inceste s'était inscrit durablement, jour après jour, et la rage grandissante de celui qui avait été une victime lui a servi à devenir mon bourreau.
Il avait voulu inverser les rôles pour qu'enfin cette mère participe à ce qu'elle refusait de voir. Ainsi, il avait repris le pouvoir tandis que ma grand-mère paternelle continuait de se vanter.

De son exil, elle avait fait un mythe, elle était cette femme d'action en toutes circonstances… Avec deux sous, elle cuisinait les meilleurs mets et avec trois pièces, elle cousait des habits pour ses enfants dignes des plus grands couturiers. Les autres mères du quartier ne tarissaient pas de compliments. Tandis que la laideur se déployait dans toutes les chambres, elle se croyait encore dans la bonne société. Les femmes de prolétaires pouvaient se plaindre mais pas sa fille, ni son fils. Et surtout si l'existence était difficile, il fallait rester fier et montrer aux autres sa différence car la noblesse ne se complaint jamais.
Finalement, l'Espagnole froide au sang bleu n'est jamais tombée de son trône de fantoche bien que son fils ait choisi une fille d'ouvrier, ce qui l'avait fâchée. Mais l'important pour lui était de dénicher parmi toute la gent féminine, celle qui pourrait être sa parfaite complice.
Ainsi, il avait fracassé l'image de la noblesse en me salissant.
Et devenu à son tour le patriarche, il a pu se sentir un homme puissant et en finir avec le petit garçon terrifié. À l'instar de son père, son modèle, le bon samaritain qui par le monde voyageait pour le compte de la Croix-Rouge, il était pour ses proches un doux rêveur, artiste peintre à ses heures. On voyait en lui un homme effacé, retranché derrière une femme castratrice. De lui, on disait :
« Mais pourquoi, a-t-il choisi cette femme dominante ? »
Et on le plaignait car il avait été injustement licencié de l'illustre organisation sans que personne n'en sache la cause.
Il emmenait sa famille sur son voilier. Son regard bleu délavé se confondait avec la couleur du lac ; il était insondable comme l'eau qui ne révélait rien de ses profondeurs, invisibles comme lui. Personne n'aurait pu croire à une chose pareille !

On dit « cette chose » ou « cette affaire-là » pour ne surtout jamais prononcer le mot tabou, le mot « inceste ». Pour moi, en revanche, il est difficile de prononcer le mot « famille » et tous ses dérivés, mère, père, grand-mère, grand-père, car ces mots désignent des personnes qui n'ont existé que pour me détruire. Ils s'embrouillent, il n'y a pas de filiation possible, mon existence n'a tenu qu'à un fil, celui de l'oubli. J'avais tout oublié, quarante-cinq ans d'une vie sans se souvenir.

Puis, combien de mois avant de pouvoir m'approprier « cette chose » faite à mon corps et combien d'années avant d'oser l'avouer à des amis et combien encore avant de trouver la force de l'écrire ?
Est-ce que le néant se calcule ? Non, bien sûr !
L'inceste m'avait privé de la parole.
Je suis un sujet tabou, on me regarde avec crainte, pudeur, aversion et rarement avec compassion.
Vous n'éprouvez pas de pitié envers moi parce que vous êtes dégoûté par l'acte que je représente. L'idée qu'un de vos proches, votre père, par exemple, vous fasse subir « cette chose-là » vous révulse tant qu'il n'y a plus de place dans votre esprit que pour le dégoût, alors il vous faut repousser en même temps l'auteur de l'abject témoignage.
Confier cette tragédie, c'est me transformer en bête de foire.
J'ai appris à me taire.
C'est dommage car le silence honteux des victimes profite aux criminels, qui deviennent invisibles mais surtout invincibles.

Mais poursuivez cette lecture même si elle est difficile, j'ai besoin de me sentir appartenir à la même société que vous pour ne pas devenir une personne aigrie.
Je comprends votre sensibilité et même votre ras-le-bol de toutes ces histoires de vies tragiques qui alimentent quotidiennement

nos écrans alors qu'en même temps, la société de consommation vous inonde d'images subliminales vantant des vies parfaites. Le monde semble se diviser en deux camps et je suis du mauvais côté, je ne peux pas faire preuve de légèreté en pensant à mes prochains loisirs.
Je suis victime d'un système pervers qui m'a reléguée dans les bas-fonds de l'humanité.
En plus, j'ai fait de nombreux séjours dans les hôpitaux psychiatriques. Mais j'ai aussi survécu à ce système, à cette machine sans âme, la psychiatrie.
Je suis donc une survivante à plusieurs titres et me lire ne pourra que vous donner du courage et de la ténacité.
La rédemption est au cœur de toutes les histoires héroïques, n'est-ce pas ?

Je vous parlerai d'une belle âme, une fleur du mois de mai, mais auparavant, je souhaite continuer mon récit.
Lorsque je fus submergée par ces souvenirs terrifiants, il m'a fallu garder un peu de lucidité pour comprendre les lois de cette lèpre transgénérationnelle avec ses dominants patriarcaux. Je devais regarder la laideur de ce monde en face. Et leurs visages à tous affichés sur les photos familiales, je les ai examinés dans les moindres détails afin de découvrir leur vraie nature, afin de voir à travers tous ces masques de la pseudo-normalité. Ainsi que visualiser leurs corps dans l'espace lorsqu'ils étaient réunis. Et j'ai fini par comprendre qu'ils avaient tous une âme corrompue excepté ma tante, la sœur de mon père, Marie-Mai. Tous posaient avec arrogance comme des êtres supérieurs, mais au fil du temps, mon père avait courbé le dos et sa veste semblait trop grande pour ses épaules recroquevillées vers l'avant, c'était l'aveu de son échec tandis que son père, mon grand-père se tenait hautain et droit. Lui, contrairement à son fils, avait réussi

à imposer sa dictature perverse en toute impunité. C'était la défaite de mon père que je lisais sur son corps et sa rage allait bientôt se retourner contre lui et je m'étais réjouie de le voir ainsi, avant qu'il se suicide.

L'aristocrate s'est saisie de l'événement pour devenir une icône du martyre, une sainte éprouvée dans sa chair tandis que son mari, en bon père, la consolait.

Et Marie-Mai, ma tante, deux ans plus tard, tandis que ses parents étaient en vacances, s'est immolée dans une cabane de chantier. Enfant, je n'ai connu d'elle que cet acte que jamais ses parents n'avaient évoqué, mais ma mère, s'étant embrouillée avec son ex-belle-famille, a profité de l'événement pour devenir une digne représentante de la justice.

Chers lecteurs, ne sont-ils pas haïssables ?
Vous pouvez éprouver ce sentiment de haine. Moi, je ne le peux pas. Ils sont ma famille, les aimer me détruit tout autant que les haïr.

Elle n'a pas dénoncé son bourreau et dans la mémoire collective, il ne reste d'elle que l'image d'une fleur trop fragile pour supporter de nombreuses saisons alors qu'elle s'est tue de toutes ses forces par amour des siens. Avec son prénom de petite fleur, elle n'était destinée qu'à la douceur, je regrette qu'elle n'ait pas possédé la moindre épine. Aujourd'hui encore la société érige des murs faits de mensonges et de calomnies afin de sauver les apparences et si nous désirons tous vivre dans un monde meilleur, alors il faut rompre le silence.

La psychiatrie possède une « bible », la DSM-5, « 5 » pour cinquième édition. Est-ce que pour toi, chère disparue, il existait une bible antérieure de leur savoir ?

Je ne sais pas ce qu'ils t'ont dit. Ont-ils jugé que tu étais incurable tout comme moi ? Aussi, je regrette que tu ne te sois pas autorisée à remettre en question leur savoir mais surtout que tu aies plié devant l'autorité.
L'époque m'était plus favorable, j'ai tout simplement désobéi malgré mon état.

Une bombe à retardement enfouie dans mon corps avait explosé. J'étais au paroxysme de la terreur, la vue d'un simple moustique volant dans ma direction déclenchait chez moi des mouvements désordonnés de mes deux bras comme s'il s'agissait d'un missile à combattre.
Certains jours, je n'arrivais plus à coordonner ma marche, les sensations comme les bruits étaient amplifiées, à un tel point que mon esprit s'embrouillait, je perdais le sens de la gauche et de la droite. J'étais effrayée à la simple vue de feuilles mortes au sol, j'allais glisser et une voiture déjà se dirigeait sur moi. Mon sens de l'ouïe ne me servait plus qu'à entendre un de ces agresseurs urbains, les bruits des moteurs étaient si puissants qu'ils étaient tous en train de rouler derrière moi sur le trottoir, ils me fonçaient dessus. J'étais encore plus effrayée à l'idée de faire une attaque de panique car si elle se déclenchait en pleine rue, devant des dizaines de personnes, j'aurais été incapable de me fier à quiconque pour lui demander de l'aide.
Dans cet état, j'étais devenue un sujet d'incompréhension pour les médecins et pour moi-même. Je n'avais aucun mot, aucune explication à fournir, sinon une immense honte d'être réduite à l'état d'un animal en panique.
D'ailleurs, si la main d'une personne s'était approchée de moi afin de m'aider, j'aurais sursauté et fait un bond en arrière comme s'il s'était agi d'un serpent prêt à me mordre. Personne ne pouvait me soutenir et mon corps n'y arrivait plus. Mon

esprit finissait parfois par me clouer au sol, dans une totale incapacité motrice, je n'osais plus bouger de la place où je me trouvais. De temps à autre, mes sens reprenaient leur rôle naturel, je croyais alors à ma guérison prochaine. Puis je prenais un transport en commun et ils me rappelaient que rien chez moi n'était normal.
Cependant, malgré tous mes symptômes, je n'étais pas d'accord avec les diagnostics, notamment avec celui-ci, le plus vexant de tous : retard mental.
Réfuter leur fatalité a été plus facile pour moi que d'adhérer à leur fatal pronostic. Ils pouvaient prononcer des mots tels que bipolaire, maniaco-dépressive et schizophrène affective, je ne les croyais pas… Pas plus que je ne croyais en l'arsenal chimique prescrit pour me rendre la raison. Malgré l'horreur de ma situation, je préférais ma folie à la leur.

Pas un des médecins de l'esprit ne s'est interrogé sur la possibilité, pourtant évidente, d'un traumatisme antérieur. Ils préféraient se pencher sur la pertinence de mes actes !
« Mais pourquoi vous mettez-vous dans cet état à quarante-sept ans ? » me demanda l'un d'eux, me laissant ensevelie sous une chape de culpabilité et de questionnements.
L'aurais-je fait intentionnellement ? Puisque ma folie était d'autant plus absurde à mon âge… Je devais donc être raisonnable et prendre encore plus de médicaments.

La boîte de Pandore ne s'était ouverte que partiellement.
Ce n'est que cinq années plus tard, au décès de ma mère, que la mémoire m'est revenue. J'ai cessé d'être amnésique. Je n'avais pas été une « bonne malade », et pour cause… En revanche, je me souvenais parfaitement de ma mère et de ses nombreux séjours en établissements psychiatriques. Enfant, je suis allée

lui rendre visite une seule fois, une fois inoubliable. Ces fous, je les revois encore, marchant, parlant et bougeant au ralenti. Toute une population soumise aux blouses blanches. À sept ans, j'ai vu cela comme une scène de l'apocalypse. Ceux qui étaient censés soigner ma mère n'allaient jamais me la rendre intacte. Comment auraient-ils pu ? Ils l'avaient transformée en un robot défaillant. Sa marche était raide et titubante.

Le contraste était saisissant entre l'activité de ces hommes et femmes habillés de blancs avec leurs allures supérieures et ces autres, les malades tous titubants plus ou moins dans un jardin impeccablement entretenu. La scène donnait une impression nette, celle de gagnants contre des perdants.

Et je m'approchais de ma mère avec crainte en sachant que j'allais devoir affronter l'inévitable, elle était du côté des perdants, elle était abattue mais semblait contente de son sort.

Je ne comprenais pas son sourire idiot. J'ai aperçu, aux coins de sa bouche, une mousse blanchâtre qui de temps en temps faisait de petites bulles. Elle m'a semblé encore plus stupide lorsqu'avec un débit pâteux, elle a essayé de m'expliquer sa vie dans cet endroit. Ses yeux étaient vitreux et fixes, je n'osais pas le regarder en face, elle était vide de toute vie.

La psychiatrie était un piège mortel et c'est ce jour-là que je l'ai compris pour toujours.

Lutter jour après jour et combattre l'autoritarisme de cette médecine sans âme prompte à me classer comme un dossier de plus.

Et enfin, après le décès de ma mère, lorsque la mémoire m'est revenue, croyez-vous qu'ils aient fait preuve de plus de sagesse me sachant victime d'inceste ? Non seulement aucun d'entre eux n'a admis son incompétence mais certains ont préféré me juger sotte, je n'avais qu'à vivre tout simplement le présent et laisser le passé au passé…

Chers médecins de la bonne santé mentale, je m'adresse à vous car enfin, je peux le faire, je ne suis plus aussi sottement angoissée. Combien de fois croyez-vous pouvoir supporter d'être agressés sexuellement chez vous dans la nuit, lorsque, malgré vous, vous vous êtes endormis en sachant que l'inévitable va advenir ? Une fois, deux, dix, cinquante fois ?
Ils ne le savent pas, je vous le dis, mes chers lecteurs, ils repoussent ma question et en viennent abruptement à cette conclusion : je suis agressive.
Comme des notables de la science, ils siégeaient derrière des bureaux high tech ou cosy et semblaient dérangés par mon langage, comment osais-je donc déranger leurs vies si bien ordonnées dans un classeur de référence notoire divisé en chapitres ?
Figurez-vous que je n'ai pas osé leur poser la question.
Je n'ai pas réussi à oublier mon humanité, je n'ai pas pu être cette barbare inclassable lançant ce genre de phrases tordues et méchantes :
« Combien de viols avant de ne jamais oublier ? »
Hélas, dans mon état pitoyable, je n'ai rien dit ou si peu...
Ils pensaient sans doute que je désirais sciemment remettre en cause leur professionnalisme en ne guérissant pas immédiatement. Jusqu'au-boutiste, pourquoi n'avais-je pas avancé ? me demandait-on. Ils me considéraient comme une irresponsable, oubliant leur enseignement.
Mettez-vous à leur place, chers lecteurs, imaginez que vous vous rendiez chez le dentiste avec une carie et que sur place, vous refusiez les soins... Il faut évidemment s'allonger sur le fauteuil du praticien, vous remettre à ses mains d'expert, tout simplement coopérer... En somme, ils étaient logiques et j'étais dans l'erreur en n'étant pas du même avis qu'eux.
Imaginez-moi maintenant, petite chose fragile avec mes terribles angoisses en face d'eux, prête à l'affrontement, avec en

retour, un ton de voix froid, hautain et parfois méprisant.
Et je reste car je n'ai pas d'autre choix, mais je m'interroge sur leur santé mentale à eux, car comment comprendre que l'on ait choisi ce métier lorsqu'on souffre d'un tel orgueil ? Une sacrée corporation que celle-là ! Ils pensent plus à se protéger eux-mêmes qu'à soutenir leurs patients. C'est au point qu'ils ne font preuve d'aucune empathie.
J'ai vaincu non des hommes mais tout un système de pensées.
Et pour ne pas vous lasser, je ne vais plus écrire plus que quelques lignes sur le sujet.
« Psychiatrie » est un terme à la tonalité barbare. Psi-kia-tri. Il ne dégage aucune poésie. Comme cette femme « psikiatri », curieusement fermée à la question des violences faites à son propre sexe et si, elle a donné la vie, ce qui me paraît probable, le sujet des enfants abusés ne lui posait qu'un seul problème, je faisais désordre avec mon histoire dans son cabinet. À elle non plus, je n'ai pas osé dire : « La personne qui m'emmenait tous les soirs dans ma chambre en sachant ce que mon père allait me faire était ma mère et elle venait me sortir du lit chaque matin. »
Le matin, elle était en colère, elle me frappait, mais le pire n'a pas été ses coups mais son regard, de la haine pure.
Encore de la colère, elle ne me croit pas car elle me suit depuis des années et n'a rien détecté, cette psychologue que je croyais empathique est devenue un policier à qui on ne le fait pas ! Je suis sur le grill, comme une viande qu'elle saisit, elle me retourne dans tous les sens. Ai-je saigné pendant mon premier rapport sexuel ? Si oui, dit-elle, c'est une preuve qu'il n'a pas pu me violer. Je ne comprends pas sa question, j'ai honte…
Quarante-cinq minutes d'interrogatoire, je résiste, je n'ai aucune preuve à lui fournir.
J'avais deux et demi.
Je ne vais pas le lui dire car la science est de son côté. De nom-

breuses études scientifiques ont été faites à ce sujet et à seulement trente mois d'existence, il ne peut s'agir que d'un délire.
Entendez, devenez, je vous prie lecteurs, des auditeurs prompts à écouter ma souffrance car ils étaient tous sourds, sauf une.
Je la remercie car elle m'a permis de croire en l'humanité lorsqu'elle a prononcé cette phrase en me voyant :
« Mais qui vous a mis dans cet état-là ? »

Il rentrait après son travail et lui aussi avait son regard, il me fixait et ma mère était jalouse, le démon se réjouissait à la table du souper.

J'ai failli mourir sous l'ogre.
C'était leur limite, la peur de devoir rendre des comptes à la justice.
Ma génitrice a déplacé l'encombrant chez sa mère et elle est repartie chez son mari, j'étais sa rivale.

J'aimais ma poupée aux yeux bleus et aux cheveux blonds courts et bouclés, j'adorais son corps mou attaché à ses quatre bouts de membres en plastique dur, chaque partie de son corps était à protéger.
Je veux que l'on m'aime avec ma sale histoire.

Mercredi 3 octobre

Je cours pour chasser la peur, ce matin je me suis réveillée en me sentant faible et je ne le supporte pas. Avec mon dos en partie bloqué, je n'ai pas été gentille. Avoir mal est mon ordinaire. Mon enfance me poursuit avec ses faits extraordinaires, elle a fait de moi une extraterrestre, je vis avec les humains sans les comprendre, je sais qu'ils ont d'autres préoccupations que les miennes, j'imagine leurs vies comme on regarderait un film, une fiction qui ne me concerne pas. Je souffre d'un stress post-traumatique et certainement d'une distorsion mentale et physique de la réalité. La normalité, je ne l'ai pas apprise.
L'état dissociatif dont je souffre est un peu comparable aux symptômes d'une rupture affective. Enfin, je veux le croire, vous êtes humains autant que moi et certainement avez-vous déjà ressenti cette sensation de dissociation. Cette idée désagréable de ne plus faire partie de ce monde. Bien sûr, vous n'allez pas jusqu'à envisager qu'une personne puisse surgir à tout moment et vous trucider sans la moindre explication.

Et un coup de folie a surgi. Il a toqué cet après-midi, me faisant comprendre qu'il était impératif de consommer une substance, quelle qu'elle soit. Une rage franche et directe a saisi mon esprit me commandant de livrer un combat : me détruire moi-même, plutôt que me sentir écrasée par la puissance du corps de l'homme adulte. Je ne veux plus être cette poupée de chiffon dont il peut à sa guise arracher chacun des membres pour finir par l'écarteler.

Rassurez-vous, chers lecteurs, je ne vais pas mettre ma vie en danger, je laisserai passer cette idée de destruction qui n'aboutirait à aucune victoire. Je vivrai en revanche mon existence comme une revanche à prendre sur la mort et cette haine, je la rendrai à son véritable propriétaire, mon père.

Je vous imagine, vous aussi, avec vos faiblesses humaines et j'aimerais que nos détresses nous rassemblent plutôt qu'elles nous divisent et ainsi blessés, nous nous aimerions encore plus et la vie triompherait de la mort.

Jeudi 4 octobre

Je suis paranoïaque, peut-être que, finalement, ils n'avaient pas complètement tort, ces psychiatres, car dès que la lumière du jour apparaît, il me faut aller vérifier la stabilité du monde. Je dois sortir de mon esprit tous les cauchemars de la nuit et m'assurer qu'ils n'appartiennent qu'aux heures sombres de mon sommeil. Entre les angoisses et les réveils incessants, je ne sais plus où me situer dans le présent. Ce passé me hante toutes les nuits et s'impose comme le crime parfait fait à mon encontre puisqu'il se renouvelle sans cesse.
Le monde extérieur me semble être une terre inconnue, je dois me confronter à la société des hommes afin de maîtriser mes angoisses, m'assurer que je ne crains rien et que je peux marcher tranquillement dans la rue.
Mes jambes ont envie de fuir, ma peur dicte mes activités sportives, je souhaite être de plus en plus musclée et pouvoir courir de plus en plus vite.
Ma marche est toujours rapide, je fais mine d'être très occupée par une activité afin de passer inaperçue, je souhaite être invisible pour ne pas être prise pour cible.
Mon esprit est en alerte constante.
Être semblable aux autres avec un travail, et se dépêcher car l'heure tourne.
Mais je sais que je serais incapable de me retrouver dans un espace fermé sans que je puisse contrôler qui pourrait franchir la porte.
En fait, mon quotidien consiste à chercher une normalité, mes parents ont volé mon identité et l'image que je me représente du monde.

Ce matin, je me suis rendue dans le centre commercial le plus

proche de la maison. Ce fut un grand défi et j'ai fait semblant d'être à l'aise en entrant dans une parapharmacie, ce magasin étant le moins éloigné de la sortie. Je me suis adressée à une femme employée à la parfumerie, elle était belle derrière son comptoir, je l'enviais pour sa légèreté. Jouant à la fille coquette, je me suis renseignée sur une coloration pour cheveux. Elle est sortie de derrière un présentoir en boitant. Son handicap m'a donné confiance. J'ai vu en elle une sœur de combat, elle me ressemblait. Je me suis adressée à elle de la manière la plus courtoise et j'ai pris mon temps car il n'y avait pas d'autre cliente. Je lui ai dit que j'étais nouvelle dans le quartier, sans mentionner que mon adresse était provisoire, et j'ai vu qu'elle était ouverte à la discussion. Alors j'ai osé lui poser la question qui me taraudait l'esprit. Je lui ai demandé de quelle nature était son handicap. Avec un beau sourire, elle m'a répondu :
« Ce sont les effets de ma chimiothérapie, j'aurais préféré vous dire que c'était après un marathon. »
J'étais stupéfaite et conquise, devant l'adversité, elle restait une bonne personne. Je le lui ai dit.
J'avais rencontré un ange discret et ce matin, j'étais transformée, la peur avait disparu. Ensuite avec confiance, j'ai pris la direction du sous-sol sans la crainte de m'éloigner davantage des portes coulissantes du centre commercial.
À ce moment-là, le monde était une merveille de normalité. J'ai entendu une jeune femme se plaindre à sa mère que le pressing avait perdu le pantalon de son mari. J'étais enchantée de cette perte. Ainsi les préoccupations des uns et des autres étaient anodines. J'avais réussi à revenir dans la réalité. Je pouvais donc retourner dans la maison que j'occupais, ouvrir les fenêtres qui donnaient sur la rue, je détenais ma liberté.

Une amie au téléphone m'a dit qu'elle avait vu mon ex et qu'il ressemblait à un oiseau tombé du nid. Je n'étais pas étonnée. Lorsque je l'avais vu pour la première fois, il m'avait fait la même impression, cet homme paraissait un inoffensif moineau alors j'avais osé l'approcher. Mais en fait, l'oisillon tombé du nid n'était pas gentil.

Dans son dernier mail, il me propose la cohabitation en tout bien, tout honneur afin de me soulager de mes hébergements temporaires. L'incohérence est une errance dont il faut se méfier, elle peut vous mener à de mauvais choix de vie. Ma route a croisé de nombreux prédateurs.

Mon ex est un moineau, il ne possède pas la capacité de nuisance d'un pervers narcissique, il ne possède pas les caractéristiques d'un prédateur, il n'est pas un animal à sang froid. Je peux le quitter sans risque. Il ne se vengera pas de ma décision pendant vingt-deux mois avec une imagination perverse comme celui qui l'avait précédé, ce reptile au venin redoutable. De jour comme de nuit, sa haine ne se reposait jamais et quelques jours de répit ne pouvaient signifier que la préparation d'un plan machiavélique. Sa rage semblait sans limite, jusqu'au jour où j'ai eu le même désir que lui.

Croyez-moi, chers lecteurs, ma folie lui a fait renoncer à ses projets car contrairement à lui, je ne craignais plus la mort, elle me semblait alors être la solution.

Très rapidement, il s'est trouvé une autre proie. Du jour au lendemain, il a disparu de mon quotidien et son absence m'a privée de cette guerre à deux. J'étais frustrée car ma haine ne s'était pas évanouie et subitement, j'étais privée de ce qui était devenu le propre de ma nature. Je subissais cette perte comme une rupture affective douloureuse. Elle avait été ma meilleure amie et il lui fallait un adversaire pour qu'elle puisse s'exprimer car il m'était impossible de l'abandonner, je la chérissais comme

un être vivant, il m'arrivait souvent de me confier à elle. Nous étions inséparables et son attraction physique était puissante et généreuse puisqu'elle partageait sa force et sa détermination absolue avec moi, sa plus fidèle représentante. C'était ma drogue dure. Incapable de renoncer à son attrait mortifère au profit de mon humanité perdue, j'ai adopté un chien à la SPA et je l'ai appelé Némo car je ne m'appartenais plus, je n'étais personne.
J'ai renoncé à ce chaos organisé en prenant soin de lui.
Ma rage avait voulu que je prenne un molosse adulte au caractère irascible mais finalement, j'ai hérité d'un golden timide de quatre mois.

À 18 heures 30, j'ai pu enfin m'asseoir sur le canapé du salon. J'ai arrêté de m'agiter dans tous les sens. La maison a été nettoyée de fond en comble.
J'avais fait le ménage mais surtout balayé au loin cet écho de mon passé, cette alarme qui me commandait de ne jamais rester tranquille.

Vendredi 5 octobre

Hélas, la peur est revenue sans que je m'en rende compte car un phénomène m'a empêché de la ressentir. Certes, je ne suis plus cette personne haineuse et pourtant je cherche toujours une arme qui me permettrait de me sentir toute-puissante et je pensais l'avoir trouvée jusqu'à croire qu'elle s'accordait si bien avec ma personne que j'aurais aimé me prénommer Adrénaline. Hélas, elle non plus n'a pas de limite et comme emmenée dans une voiture sans frein, j'ai perdu le contrôle. Mon corps est devenu une machine proche de l'explosion, mon épiderme me brûle et c'est extrêmement désagréable. Une sensation électrique me parcourt l'échine sans interruption et elle s'est propagée dans tout mon organisme.
Aujourd'hui, j'ai atteint le seuil du supportable.
Pourtant tout avait bien commencé…
J'avais été galvanisée par cette hormone dès le matin mais vers la fin de l'après-midi, la traîtresse m'a plongée dans un bain en fusion. Depuis combien de jours la laissais-je agir jusqu'à me faire envahir ? Je serais bien incapable de répondre à cette question.

Au moment où j'écris ces lignes, j'ai retrouvé un semblant de calme mais le choix le plus raisonnable m'a attristée. Comme une droguée, j'ai hésité, aller courir ou m'asseoir et faire en sorte de calmer mon cœur devenu fou. Cette décharge d'hormones bien spécifiques est mon piège préféré, je l'aime à l'égal d'un être vivant puisqu'elle sait me soutenir comme un amoureux et je l'imaginais comme tel, embrassant mon corps avec la sensation d'un embrasement et le monde alors devenait un tourbillon exaltant. Je n'avais plus peur. Comparée à mon ancienne plus chère amie, la haine, je la croyais inoffensive. Je me suis trompée, Adrénaline n'est pas un prénom approprié.

Cette après-midi, devant mon clavier, c'est un grand vide, je me suis installée sur la table du jardin et je me sens triste et abandonnée. Je regarde les feuilles du noyer se balancer mollement comme des langues vertes pendantes, toutes semblaient vivre sans énergie. Une petite brise légère, un ciel uniformément bleu sans rien pour accrocher le regard, pas un seul nuage.
Écrire sans chaos…
Je me pose certaines questions impropres à la raison. Pourquoi devrais-je chercher une normalité ? Au moins, la folie me donne une raison de vivre, je dois me battre. Est-ce que je ne maîtrise pas mieux la complexité humaine qu'une clique entière de psychiatres ? Je pourrais leur donner des leçons sur la folie.
Vous devez me juger orgueilleuse, non ?
En réalité, je crains l'inconnu…
Un monde sans batailles à mener existe-t-il ? Mais à quoi bon…
Il faut bien que je donne un sens à mon calvaire, une raison valable à mon échouage dans le ventre de cette femme après qu'un spermatozoïde sur environ cent millions a gagné cette bataille débouchant sur un destin d'enfant martyre.
Pourquoi moi ? Pourquoi pas quelqu'un d'autre ?
Le simple fait de réfléchir est tout à fait exceptionnel puisque je devais finir sous camisole chimique dans un hôpital psychiatrique.
J'ai souvent pensé au suicide mais je me suis battue pour une seule raison, je ne voulais pas que ma fille installée dans sa vie paisible de trentenaire ne souffre pas.

Je m'adresse à l'invisible, puisque vous avez décidé de m'éprouver au-delà du supportable. Je vous demanderai donc une petite faveur, celle de penser que je suis votre égale pour avoir côtoyé le Paradis puis d'en avoir été chassée à l'âge où l'on ne peut croire qu'en l'amour inconditionnel, pour aussitôt connaître

son contraire, la haine. C'est une telle injustice, qu'il me faut croire que j'ai été désignée afin de délivrer d'autres humains de la souffrance.
Je suis mégalo, n'est-ce pas ?
Mais Dieu est responsable puisqu'il ne s'occupe pas de ses tout petits enfants. À moins qu'il n'existe pas. Il faut alors que je le remplace et que je récupère tous les laissés-pour-compte de la création. Ai-je été choisie pour cette mission de sauvetage ? Pour laisser les plus vicieux des hommes s'accrocher à moi comme des boulets ?

Je me compare au divin car je possédais à cinq ans une philosophie de vie élaborée, croyant que les gens heureux ne font pas de mal aux autres, le bonheur les rendant gentils et la souffrance, méchants. Malgré les apparences, mes parents étaient malheureux et je souhaitais leur donner la joie qu'ils ne possédaient pas. Mon père s'est suicidé lorsque j'avais six ans et demi.
Ma mère a continué à vivre sa folie.
Je suis choquée que mes psychopathes de parents aient été dotés de qualités physiques supérieures, deux sublimes créatures affichant leur insouciance d'avoir été gâtés par la nature. C'est un autre de mes griefs envers le créateur, beaux de l'extérieur alors qu'ils abritaient dans leurs âmes, une absolue laideur.
L'éclat et l'insouciance de leur jeunesse ont fini dans un vide-ordures, j'ai jeté tous les albums familiaux.
Avec le temps, le corps et le visage de ma mère se sont dégradés, gâchés par une polytoxicomanie.
C'est elle qui m'a initiée à l'héroïne. J'avais quatorze ans. C'était un cadeau de valeur, beaucoup plus important qu'un simple joint. Depuis mes douze ans, j'en fumais pratiquement chaque jour, avec elle ou d'autres adultes. J'avais longtemps attendu ce moment-là, c'était mon initiation au monde des grands. J'étais

enfin acceptée parmi eux, ma famille. Pourtant, je nageais visuellement dans l'abjection quotidienne, toute une faune d'individus s'adonnait à son passe-temps favori, la destruction de soi.

Mais je rêvais comme font les adolescentes fleurs bleues de quatorze ans, je me disais que j'allais trouver un prince charmant, qui serait un baron de la drogue colombien. Ainsi, ma mère serait fière de moi. J'aurais appris d'elle et je la surpasserais dans son domaine de prédilection. Cependant, en secret, sans penser pouvoir y parvenir, je désirais être esthéticienne. Je souhaitais parfumer des corps, les enduire de pommade douce et onctueuse et prendre soin d'eux le plus longtemps possible pour que leur beauté soit préservée.

Ma première histoire d'amour fut fulgurante, ce fut un coup de foudre et ce fut l'héroïne.

Après cette première fois, il ne fut question que de la suivante.

Alors, il ne resta plus de rêve, l'héroïne occupait la première place dans chacune de mes pensées et plus aucune trêve, il m'en fallait encore et encore…

Lundi 8 octobre

Aujourd'hui, il a rendez-vous avec une assistante sociale et je sais ce qu'elle va lui dire :
« Désolée, Monsieur, il va falloir que vous cherchiez un appartement tout seul. »
Ce matin, je suis allée chez ma psy.
Je ne peux pas, sous prétexte que les mauvais spécialistes de la santé mentale sont légion, faire abstraction d'une aide qui m'est indispensable, vous en conviendrez. J'ai besoin que l'on m'écoute et que l'on me conseille, comme toute personne victime d'un traumatisme. Lors d'une précédente séance, elle m'avait comparée à Jésus Christ. J'ai préféré refuser cette position de martyre bien que la comparaison soit des plus flatteuses. Et si parfois, je me situe aux firmaments des créatures célestes, je n'en demeure pas moins suffisamment humble et consciente des risques encourus pour ma santé mentale pour ne pas croire à pareils compliments.
Bien sûr que je continue à la consulter ! Où pourrais-je trouver une personne capable d'écouter ma litanie d'horreurs ?
J'ai coupé court à l'image biblique et plus jamais il n'en fut question. Certes, Jésus avait réussi sa résilience...
Devant ma fragilité, elle ne m'a jamais certifié que retourner travailler me ferait du bien. Oui, oui, le monde professionnel pour certains psychiatres a une valeur curative infaillible.
En réalité, je crains leur pouvoir, ils pourraient très bien me signaler comme une personne parfaitement apte à rejoindre la société productrice et me désigner aux autorités comme une usurpatrice. Régulièrement en effet, les médias dénoncent ces fourbes profiteurs de l'assurance invalidité. Plus de honte et plus de culpabilité encore ! Il faut donc que je les laisse un peu plus me détruire avec leurs mots.

Mais j'ai besoin de libérer ma parole, de lâcher des émotions et j'irai peut-être jusqu'à montrer ma souffrance, j'arriverai peut-être à pleurer.
Je n'ai pas versé une larme depuis que je l'ai quitté. Elle m'a dit : « Félicitations, vous êtes sortie de la dépendance affective. »
J'avais donc réussi mais, je me doutais bien que ça n'allait pas être aussi simple qu'un adieu sur le quai d'une gare.

Cependant, lisez bien ce que je vais écrire parce que c'est une illumination qui m'a saisie : je souffre d'une addiction aux contes de fées. Je l'écris en majuscules :
JE SUIS ACCRO AUX CONTES DE FÉES.

Je savais que l'on pouvait être dépendant de tout un tas de produits existant sur cette terre mais jamais je n'aurais pensé me trouver sous l'emprise d'histoires écrites pour des enfants.
C'est ridicule et merveilleux à la fois…
Je réalise mon acharnement à vivre comme une véritable héroïne de conte de fées. Je ne parle pas, bien sûr, d'aventures gentillettes mais plutôt de celles qui relatent de bien méchantes histoires.
J'étais la petite fille aux allumettes rêvant d'un foyer ou encore Gretel, abandonnée dans la forêt par ses parents, ou alors je pouvais porter la peau d'un âne afin de fuir une union incestueuse. Combien de ces miséreux et enfin victorieux exemples existaient dans mon esprit ? On pouvait bien me massacrer, me piétiner, me saccager, je sortais la tête haute comme protégée par toutes mes idoles enfantines. Et du fait de leur foi inébranlable en un monde meilleur, les souffrances n'existaient que pour prouver qu'ils savaient tous totalement s'en affranchir. Mais, qu'ils étaient niais ces angelots souriants, riant sous la roue du supplice !

Et j'étais une de ces créatures pathétiques dans toute sa démesure puérile. Je me surprenais moi-même, je n'étais plus une enfant depuis longtemps. Je savais que l'on pouvait s'attacher de manière compulsive à toutes sortes de drogues émises sur le marché, qu'elles soient végétales, humaines ou même animales si l'on songe aux actions compulsives. J'étais saisie de stupéfaction en considérant ma propre personne et le pouvoir de mon imagination, de ma créativité et de toutes mes ressources et par ce que je peux qualifier de volonté déchaînée afin de ne surtout pas faire face à la réalité.
L'imaginaire comme une drogue.
J'avais été chassée du paradis terrestre une nuit fatidique, jetée le lendemain matin dans les tréfonds de l'Enfer par mes deux créateurs et je n'avais pensé qu'à retrouver cet Éden perdu. Il existait donc des similitudes extraordinaires entre moi et ces livres pour enfants où il était justement question de cette perte-là. Et que faisaient donc tous ces enfants bannis et perdus ? Ils se débrouillaient, déjouaient les pièges et lorsque l'histoire prenait fin, ils étaient des héros reconnus, aimés et choyés.
Bien sûr je n'en avais pas conscience, mais la quête d'un tel aboutissement était inscrite au plus profond de mon être. Je voulais à tout prix retourner à la source joyeuse de l'amour que m'avait donné ma mère avant cette première fois. Et si j'avais ressenti son affection, c'est qu'elle devait exister quelque part. Mais où ?
À deux ans et demi, cette question était restée sans réponse.
Ensuite je l'avais trouvée dans les livres pour enfants. Enfin, j'avais découvert le sésame tant espéré.
Toute ma vie était une construction faite de chimères.

Cette volonté d'écrire mon histoire à la façon d'un conte de fées était à l'œuvre dans mon inconscient. J'avais été incapable

d'accepter la perte de mon innocence. J'étais donc une créature de l'imaginaire et ma vie était théâtrale, je la jouais comme sur une scène. Mais pour ne pas gâcher le spectacle, je cachais mon mal de vivre dans un excès histrionique. Tous devaient se réjouir et la routine était interdite au pays des superlatifs. Le mot « extraordinaire » devait toujours l'emporter et peu importait que tous fassent « la gueule ». Actrice perpétuelle avec mes voisins, les passants dans la rue, les utilisateurs des transports en commun, je mimais le bonheur. Quelle mascarade…
À l'intérieur, j'étais détruite, j'avais peur et j'avais mal, mais je tenais à ce que personne ne puisse voir que le paradis m'avait échappé, et surtout pas moi.
Surtout pas moi…
Les événements tristes et affligeants du passé comme du présent devaient disparaître comme par magie, comme dans ces livres pour enfants. Je cachais mes angoisses et lorsqu'elles me submergeaient, je m'enfermais dans ma chambre afin que personne ne se doute de la supercherie. J'avais illusionné mon ex comme les autres mais lui avait cru en ce bonheur superficiel. Toutefois, il m'était difficile de faire briller ce soleil en toutes circonstances, et il n'était pas un si bon spectateur que cela ! Tandis qu'il se vengeait de mes imperfections, je prenais mes distances, sachant qu'il reviendrait dans le rang, il restait tout de même mon plus fidèle public.
C'était juste un jeu d'enfants, je suis innocente, je vous prie de le croire car je ne sais pas faire autrement.
Le serpent de la Bible est l'allié d'Ève, elle sait qu'elle ne pourra pas prolonger indéfiniment le charme. Son destin était écrit à l'avance. C'est sans doute aussi un conte mais celui-ci ne me plaît pas.
J'ai refusé l'inéluctable, la soumission à ce destin parce que j'ai mieux qu'une religion : mes héros ne sont pas serviles, ils sont

courageux et n'abdiquent jamais.

Devrais-je arrêter de croire à l'émerveillement ? Devrais-je croire encore que mon imaginaire peut me sauver ? Devrais-je ne plus jouer ma vie ? Alors que j'ai été sauvée du malheur grâce à cette construction mentale ?

Sachez que dans mon esprit existe un monde peuplé de créatures fantastiques. Je ne vais tout de même pas toutes les tuer ! Sachez de plus que je me sens incapable de renoncer à mon conte de fées !

Je désire une suite à mon histoire et pas cette fin abrupte. J'ai mis tant d'énergie à construire ma propre fable.

Je cuisinais pour de grandes tablées afin de perpétuer les images des banquets festifs de mon enfance et nous étions tous merveilleux. Il me suffisait d'y croire. Je déguisais la réalité au propre comme au figuré. J'avais hérité de ma mère toute une cargaison d'habits extravagants, des chapeaux de toutes époques et de toutes formes sans parler des dizaines de chaussures, d'accessoires, de colifichets et des innombrables perruques.

Lorsqu'elle sortait de chez elle, le corps chargé de stupéfiant, elle aimait se faire remarquer. Son attirail vestimentaire était voyant, c'était le but, elle voulait que l'on se retourne sur son passage. Encore de la démesure de sa part, de la sorte, elle pouvait démontrer au monde entier qu'elle était une femme sans entrave. Elle en venait aux insultes et même aux mains quand on se moquait d'elle ; mais la situation tournait à son désavantage car c'était alors une vieille femme. Cela lui échappait, elle se voyait sans doute encore jeune et forte.

Perruque blond platine aux cheveux longs et lisses brillants comme une surface en plastique chauffée au soleil, sa perruque préférée, assortie à un maquillage d'un bleu outrancier. Chapeau à voilette, chapelet de bijoux au cou, ses accessoires favo-

ris, et des têtes de mort. Des froufrous, du kitch, des strass, du léopard, du transparent, en quantité maximum ! Si elle avait pu porter toute sa garde-robe dantesque sur elle, elle l'aurait fait. En prime, une clope toujours accrochée à sa bouche dégoulinante de rouge vif artificiel, ou alors, un mégot en prolongement du gant en résille noir. Derrière elle, un vieux caddie défraîchi.
C'est ainsi, telle une apparition grandiloquente que nul ne pouvait ignorer, qu'elle avançait dans la rue, en direction du supermarché.
Au retour, chargée de commissions, elle s'arrêtait, vidait le contenu du caddie à même le trottoir, éparpillait tout autour d'elle, le fromage, la viande, la charcuterie, le beurre, les biscuits, les boîtes de conserve pour ses animaux domestiques. Sans se soucier des apparences ni de l'embarrassante marchandise qui obstruait le trottoir, elle se pliait en deux, la tête penchée dans l'ouverture du caddie comme si elle cherchait encore quelque chose, avec toujours le cul bien en l'air, montrant l'étendue de son postérieur habillé comme un jour de carnaval.
Histrionique, je vous dis, de mère en fille.
Enfant, ses habits me faisaient rêver, je la regardais comme une icône, reconnue par tous pour sa beauté.
Elle avait fréquenté des milieux cosmopolites, des artistes, des personnes instruites, des photographes, mais ces gens l'avaient vite lassée, elle préférait les milieux interlopes et ceux qui l'excitaient étaient ceux qui s'adonnaient à des activités illicites. Jacques Mesrine était un exemple pour elle. Il était une victime de la société et nous n'avions pas à être comme tous ces moutons qui chaque jour se levaient pour aller bosser ou pire encore, qui pratiquaient un sport, c'était une perte de temps.
En vieille dame irrespectueuse, elle manifestait encore sa réprobation et surtout son mépris de la société en prenant toute la

place sur un trottoir. Et si un quidam s'était plaint d'avoir à enjamber ses victuailles éparpillées par terre, elle aurait immédiatement, de sa voix grave de fumeuse, proféré des injures sans retenue aucune. Sa vulgarité n'avait pas de limite.

Ce qui me faisait office de mère était une créature inqualifiable. Comment la comprendre ? Je l'avais crue innocente, son sang chargé de substances chimiques, délirant contre moi sans mobile apparent. Mais en réalité, elle était d'une jalousie cruelle jusqu'à enrager de me penser heureuse. Je devais souffrir, elle aimait en secret me torturer. C'était un de ses nombreux vices. En général cependant, elle n'arrivait pas à manifester sa méchanceté à mon égard, car elle n'était que déchéance. Sa tête tombait sur sa poitrine avec ses yeux révulsés, le teint cireux et durant des heures, elle piquait du nez avec toujours une cigarette à la main qui finissait par s'éteindre. Elle ne sortait de son coma opiacé que brièvement, cherchant son mégot, la bouche pleine de jurons pâteux et d'une main chancelante, elle le rallumait avec son briquet. Du mauvais côté parfois, alors une flamme venait l'avertir de sa méprise.

Adolescente, j'avais partagé sa déchéance. Enfin, nous étions complices !

À présent, lorsque je regarde le ciel, je ne suis plus cette créature, la nuque penchée vers le bas. Je peux remercier mon addiction aux contes de fées, elle m'a sauvée. Les contes pour enfants sont nettement moins dangereux et ils peuvent même rendre heureux.

Mardi 9 octobre

Je souhaite vous parler encore un peu du panache de mon ancienne vie et de toutes mes fanfaronnades. L'absurdité est encore une fois au rendez-vous et c'est moi, l'absurde personnage. Avec cette fausse légèreté que je promenais au gré des circonstances, je naviguais à vue, incapable de percevoir l'horizon marquant la séparation entre le bien et le mal. Les personnages de ma vie n'étaient pas fiables, mais incertains. Ils finissaient tous par m'échapper comme cette ligne fuyante, qui s'éloigne encore et encore à mesure qu'on s'approche d'elle et alors même qu'on se sent près de l'atteindre. Ils étaient des mirages dangereux, qui me laissaient croire que je serais enfin sauvée parmi eux. Ils étaient imprévisibles comme une tempête en haute mer.
Ma grand-mère aimait me raconter son calvaire et je l'écoutais, ébahie par ce récit qui me concernait sans que jamais, elle ne pense s'adresser directement à la fillette captive qui entendait sa propre histoire en toile de fond. J'étais fascinée comme un insecte pris dans la lumière d'une ampoule et qui ne sait comment s'en éloigner. Mais Shéhérazade était un exemple pour moi. Elle avait fait reculer son exécution grâce à son imagination. Ses récits avaient transformé son futur tortionnaire en un esprit pur. Il avait été captivé et avait rejoint le monde des rêves et le mal qui le guidait, lui procurant un plaisir sadique, n'avait plus de place dans cette nouvelle réalité. Tous les jours, ils n'attendaient que le moment où enfin, ils connaîtraient la suite et il n'y eut jamais de fin.
Comme elle, j'étais une fabulatrice, une captive qui, pour sortir de la chambre, s'inventait d'autres existences pour ne pas se sentir dans la peau d'une condamnée à mort.
Durant des années, le seul moyen de franchir le pas de ma porte et d'affronter le monde extérieur fut de me transformer

ou plutôt de changer de peau. J'étais une espionne ou alors je travaillais pour le compte d'une agence de détective, je n'étais plus une proie mais celle qui suivait une cible. Parfois, j'étais une femme d'affaires sûre d'elle, ainsi je me sentais reprendre contenance et mon corps ne ressemblait plus à une poupée de chiffon, molle et saisissable. Les identités étaient multiples et interchangeables. Et je continuais à jouer de retour chez moi, pourquoi pas une scène de ménage fictive puisque ces jeux ne prêtaient pas à conséquence.

Je le faisais rire, il appréciait mes facéties, il les considérait comme des plaisanteries car je savais être caricaturale.

Puis seule dans ma chambre, je m'imaginais être une inconnue tragique, incomprise et solitaire et le spleen revenait mais il était littéraire, inspiré par des romans. J'étais à la dérive, plongée dans la grande dépression des années 30, ou alors je vivais à l'époque du romantisme, je portais le deuil d'un amant mort en duel afin de m'éviter le scandale. J'étais tous ces personnages parce que je ne pouvais tout de même pas croire que j'étais une fée ou que je voyageais à l'aide de bottes géantes. Sans parler des lutins… Les lutins sont ridicules et je possède des traits physiques communs à cette espèce qui vit recluse dans les bois. J'ai un nez en trompette et je suis de petite taille. Ces créatures apparemment inoffensives sont en réalité féroces car quoi qu'elles vivent, elles le transforment aussitôt en une farce et peu leur importent les conséquences. Les lutins sont ivres toute la journée sans même se soûler, ils rient sans cesse et on les entend à des kilomètres à la ronde. Tout comme moi, qui ai un rire bruyant qui se déclenche à la moindre occasion. Les gens sont surpris quand ils m'entendent rire, certains sursautent.

Mon rire a le pouvoir de faire fuir mes doutes et mes peines. Hélas, comme tout addict, je perdais la maîtrise lorsque ma rage d'enfant abusée me rattrapait. Alors, les gentilles âmes m'échap-

paient et je me sentais dans la peau d'un ogre. Du mauvais côté de l'histoire. J'étais prête à me venger sur n'importe quel être vivant. Je fermais la porte de ma chambre et recluse, je priais le Ciel ou un Dieu quelconque avec ferveur afin qu'il me libère de ma haine.
Surtout ne pas devenir cette furie capable d'annihiler toute existence humaine.
Combien d'années ainsi ?
Je ne sais pas…
Évidemment, je n'ai pas commis le moindre crime.

Mes amis lecteurs, j'ai dompté la bête en moi. Ça n'a pas été facile ! J'ai fini par laisser tous ces personnages au vestiaire. Je peux marcher dans la rue sans avoir bâti de scénario au préalable. Croyez-le, si je n'avais pas eu l'imaginaire, j'aurais perdu toute liberté. Enfermée à jamais dans cette chambre d'enfant et paniquée à l'idée de ne pouvoir en sortir.
Évidemment, je n'ai rien dit aux psychiatres. Je ne suis pas folle !

Je souhaiterais que vous ne jugiez pas le degré de mon aliénation mentale mais que vous envisagiez plutôt ceci comme une expérience extraordinaire. Imaginez que grâce à votre imagination, votre esprit soit capable de surpasser vos peurs et qu'en plus, il vous divertisse et fasse que votre vie ne soit plus jamais triste. En prime, vous seriez un superhéros ! N'est-ce pas de votre enfance que je parle ? De cette période de votre vie que je suppose insouciante et joyeuse ? On m'a volé la mienne, mais, chers lecteurs, je peux vous dire sans aucune hésitation, qu'ils n'ont pas saccagé mon imaginaire, celui-ci m'a transportée loin de leur laideur.
Et je continue de voyager avec ma propre inspiration, mes yeux voient plus loin qu'un simple paysage, celui-ci peut se méta-

morphoser dans mon esprit, par exemple en un territoire sauvage encore indompté par l'homme.

J'aborde souvent l'une de mes destinations favorites à une époque révolue, où vivaient des aventuriers en quête d'expériences mystiques. Je suis une cavalière parcourant les steppes, chevauchant à bride abattue un animal qui consent seulement à ma présence sur son dos, car nos caractères s'accordent dans leur excessive soif de parcourir ces longs paysages s'étirant à l'infini. Et nous avons laissé le monde et ses préoccupations dans un endroit qui n'existe plus. Je chevauche mon cheval, nous sommes sans contrainte, ma voix n'existe que pour flatter son excitation bouillonnante. Il prend ma destinée en main et trace sa route jusqu'à atteindre une ivresse partagée. Dans cet instant de grâce, moi, la bête et l'Univers, parvenons à l'indivisibilité.

Et je suis alors plus riche, d'une fortune invisible, d'un bien unique qui ne se partage pas. Cette cavalière, c'est moi et je ressens ces émotions.

Et lorsque mon imaginaire me fait défaut, je lève les yeux au ciel tandis que je regrette d'être la seule citadine à le faire. Prendre la liberté de lever son regard au-dessus des immeubles et vous êtes aussitôt classée dans la catégorie des cinglés. Je vous conseille pourtant d'essayer, sans vous soucier du regard des autres. Ce n'est pas la météo que je scrute mais notre toit commun à tous, le ciel et son infini variété.

Enfant, je ne rêvais pas d'un futur métier, je voulais juste être normale. Je ne vais plus lever les yeux vers le ciel en pleine ville. Je veux apprendre la normalité et faire partie du même monde que vous.

Les contes de fées n'appartiennent pas aux adultes.

Mercredi 10 octobre

Hier soir, durant toute une partie de la nuit, un chat, oui encore un de ces fameux démons à quatre pattes, a flagellé mon sommeil à coups de pattes contre la porte de ma chambre, miaulant de désespoir afin d'obtenir des caresses de ma part. Celui-ci est un sacré de Birmanie, c'est le chat de la maison où je loge provisoirement. Il est un puits sans fond, ce qui contredit toutes les idées reçues selon lesquelles les félins domestiqués sont autonomes au contraire des chiens qui quémandent de l'affection. Sans doute l'effet de son appellation, « ce sacré » demande des sacrifices éternels, il n'est jamais satisfait. J'ai commis la faute de poser sur lui une main légère juste avant d'aller me coucher. Voilà qui a suffi à le rendre furieux, il s'est mis à griffer rageusement la porte de ma chambre à coucher.
Et pendant que cette crapule aux longs poils avec ses yeux bleu azur se démenait de plus belle avec sa gueule de premier prix de beauté, j'ai senti monter en moi, allongée sur le lit, une douleur atroce. Peu importait que mon ex soit lui aussi une crapule, j'avais créé avec lui un lien affectif durant des années et il devait se rompre. J'avais mal, j'avais envie d'oublier cette douleur, de m'enfuir dans un paquet de cigarette, de replonger au moins dans la nicotine, d'aspirer de longues bouffées, de me noyer dans un nuage de fumée âcrement délicieuse. Je connaissais cette souffrance, je savais qu'elle agissait par vague.
Ce qui semblait être un répit n'en était pas un, une deuxième déferlante arrivait toujours. Celle-ci m'a recouverte entièrement prenant son temps, explorant mon corps violemment. Puis elle s'est enfin éloignée, laissant la place aux autres, un, deux, trois, quatre… dix. J'ai eu envie de les compter comme des moutons en pensant que je pourrais m'endormir de cette façon et fuir dans le sommeil. C'était une tempête de douleur, il ne servait

à rien de compter sur de stupides herbivores, j'étais cernée de toute part, j'allais crever, me noyer. Et je pensais à ces personnes pleines de ces bonnes paroles : « Il faut accueillir la douleur. » L'accueillaient-elles vraiment ?

Dans mon état, je pensais à tous ces crétins. Je sombrais et il était impossible de lâcher prise et encore moins de parler à mon désespoir comme à un personnel hospitalier. Je tenais la barre de ce bateau délirant de tourments car je savais que même la dernière vague pourrait m'avoir, elle me tirerait par les pieds dans le fond. Alors je me suis adressée à cette mer déchaînée, je lui ai dit à voix haute :

« Ne crois pas que je vais couler avec toi, il en est hors de question. »

Et puis, dans ce qui semblait être de l'ordre de l'infini, j'ai compris que je devais changer de peau. Ce lien était une partie de moi et il devait mourir, c'est lui qui devait couler et pas moi.

Je pensais à la mue d'un serpent. Mais autant ce reptile pouvait muer plus ou moins aisément, autant il était difficile de le faire pour l'humaine que j'étais. Ce rampant n'avait pas besoin de se projeter dans le futur, la vision d'un avenir ne le concernait pas. Mon esprit, lui, devait analyser ce qu'allait être ma nouvelle peau sans lui. Il me fallait une compensation pour cette perte, il me fallait lâcher ce lien affectif pour un autre.

J'ouvris la porte au chat.

Je n'avais aucune volonté autre que celle de trouver un autre corps, qu'il soit à plumes ou à poils m'importait peu, il me fallait un autre objet d'affection. Ce chat avait un sale caractère, il était capricieux mais il fit l'affaire et je parvins à m'endormir.

J'ai survécu à cette nuit, il fallait survivre au jour suivant.

Le temps avait une autre dimension, les heures s'éternisaient avec leur peine et toutes les montres m'indiquaient que je souffrirais à chaque minute. Je pensais à une autre crétinerie entendue : « Je choisis de ne pas souffrir ! » Je savais que même avec de la volonté je ne réussirais pas ce tour de force et que je ruinerais tous mes efforts en essayant de raisonner ainsi.

Réfléchir à une solution me demandait de gros efforts, et je n'entrevoyais aucune lueur d'espoir. La rationalité avait déserté mon cerveau, tout ce qui me restait de capacité de réflexion tendait vers ce seul but : abréger mes souffrances au plus vite. La solution la plus rapide m'était dictée, il fallait renoncer à ce projet de rupture, et pour justifier ce choix, des idées à l'allure de preuves flagrantes surgissaient, elles paraissaient élaborées et justifiées mais évidemment, elles étaient trompeuses. Cet homme ne changerait pas, et dans ce laps de temps, il n'avait pas miraculeusement compris à quel point j'avais souffert, donc il ne pourrait pas se réajuster d'un iota de ce que je désirais qu'il soit. Je mesurais alors le changement qu'il pourrait opérer comme s'il s'agissait d'un calcul mental, 10% de mieux et je pourrais l'accepter, je ne demandais qu'une toute petite marge. Le marchandage ne pouvait être crédible en dessous. Je me brouillais dans mes calculs comme si cet homme avait changé aujourd'hui même et atteint les 100%. Nous vivions à nouveau ensemble, et il me comprenait enfin !

Avec plein de « si », de « peut-être » de « pourquoi pas », j'entrevoyais un avenir possible tout en me flagellant de ne pouvoir arrêter cette mauvaise affaire. J'allais être spoliée rapidement de tous mes rêves idiots par celui que j'avais osé quitter. C'était sûr, il allait me faire payer une lourde contribution, je le connaissais, il était très rancunier. Et je ne pouvais même pas jouer la fille qui s'était trompée et qui désirait juste prendre un peu de recul. J'avais écrit à son intention une lettre de rupture et mes nombreux mails indiquaient que j'avais pris une décision irrévocable. Je devais donc accepter ma souffrance avec l'espoir que

le temps l'atténuerait. De la pure violence, heure après heure, je devais me battre contre mon propre esprit avec ses calculs d'escroc tandis qu'un serpent me dévorait les intestins tout en me susurrant qu'il avait de bon côté, suffisamment pour que je retourne avec…
Pourquoi étais-je enfermée dans cette douleur pour un homme qui ne le méritait pas ? Je ne comprenais pas et je cherchais dans mon passé un écho, une réponse qui me permettrait de comprendre cette descente dans les tréfonds du désespoir. Enfant, j'avais connu le pire des comportements humains. Peut-être que mon esprit par comparaison l'appréciait ? Il n'était pourtant pas un charmant compagnon de vie. Était-ce son corps que je ne touchais plus depuis des mois avant notre rupture qui me manquait ? Car son intelligence ne pouvait être prise en compte. Cet attachement apparemment viscéral était-il le fait de mon imagination ? Créant un piège inextricable ? Étais-je incapable de renoncer à l'illusion de ce prince charmant ?

À l'instant où je couchais toutes mes faiblesses sur ce journal intime, j'ai compris que je l'avais détesté autant que je l'avais aimé, tout comme ma mère. Je devais grandir. Aussitôt, il ne fut plus question de marchandage. Mon esprit était capable de renoncer à ce lien aliénant. La souffrance avait laissé la place au rejet. Il fut total jusqu'à souhaiter qu'il ne vienne pas de la même planète que moi. Nous n'étions pas de la même espèce.
Je n'étais plus disposée à aimer comme une enfant.
Je voulais être libérée de ce passé, être une autre femme.
Je n'arrivais pas encore à la définir mais je désirais la rencontrer.

Jeudi 11 octobre

Bonjour chers lecteurs, je vous le dis d'emblée, je ne vais pas renoncer à mon addiction aux contes de fées. D'autant plus qu'elle me plaît cette artiste qui se prête à la construction d'histoires fausses et invraisemblables. Comment, en effet, continuer ce journal intime si je renonce à ma source d'inspiration ?! Elle constitue la trame même du récit. Et comment pourrais-je vous intéresser sinon en vous racontant encore des épopées infantiles ? Je tiens à vous garder tout près de moi. Fidèles à la lecture.

Ne sommes-nous pas dans une époque du divertissement où le sensationnel fait vendre car il nous fait non seulement rêver mais il détient le caractère de saisir notre esprit mieux que la simple banalité du quotidien ? Tous impatients, dans cette société de consommation, tout doit aller vite et nous contenter, nous voulons une vie excitante comme le promettent les publicitaires. Croyez-vous que je sois différente ? Non ! Moi aussi, je souhaite vivre dans un conte de fées permanent. C'est-à-dire, profiter de toutes les opportunités possibles. La tentation est trop grande et les sollicitations constantes. Le confort de vie est un bien consommable comme une console de jeux ou des vacances au bord de la mer. Il y aura des émotions, de l'extraordinaire et j'irai au bout de mon addiction avec vous.
D'après vous, qui va atteindre sa limite ? Est-ce moi avec ma folie ou mon ex avec la sienne ? Je suis complètement dérangée et extrêmement perturbée par mon vécu, je suis tout à fait consciente qu'il n'est pas très sain pour moi de suivre la voie de la déraison.
Je suis obsessionnellement attirée par l'émerveillement et prête à tous les sacrifices.

Avez-vous déjà entendu le bruit des ailes d'un papillon ? Vous avez une chance infime d'y parvenir sauf si vous y croyez…
Voilà un exemple précis de ce que j'ai vécu cette après-midi. Vous comprendrez que je ne peux pas renoncer à mon addiction. Il m'a frôlé l'oreille avec un bruissement si doux, on aurait dit les cils d'un ange lumineux. Blanc, la couleur blanche a son importance, car ainsi le soleil le transportait, translucide. Ce papillon m'a émue avant même que je l'aperçoive. Je l'ai entendu, il m'a donné une seconde de grâce avec ses quelques battements d'ailes. Puis, il est apparu devant moi, il tourbillonnait d'insouciance, et il a disparu subitement. Alors il n'est resté que son bruit et mon âme heureuse de l'avoir entendu.
Le temps s'est arrêté.
Je suis rentrée sublimée avec la vision d'une blancheur pastel inscrite dans mon esprit, lorsque je l'ai vu, petit cafard hideux sur le plancher du salon, se dandinant crânement, il avançait luisant de crasse et il me narguait, il ne s'était même pas enfui à mon approche. J'ai eu envie de l'écraser, j'avais perdu mon rêve à cause de cette affreuse bestiole. Mais j'ai pris un verre, je l'ai récupéré pour l'évacuer dans le jardin car c'était la logique d'un conte de fées, le magnifique côtoie le laid.

Vendredi 12 octobre

Hier soir, j'étais dans de bonnes dispositions en allant me coucher. La pluie tintait sur la fenêtre verticale de la chambre que j'occupe sous les combles. Puis, la petite musique agréable s'est transformée en de furieux crépitements. L'orage faisait rage. Une multitude de bruits indéfinissables heurtaient le toit de toute part, je me suis sentie cernée dans cette chambre exiguë. Les versants de la toiture m'encernaient dans cette nuit qui ressemblait à une grande machine à laver en marche, des trombes d'eau s'abattaient au-dessus de ma tête, j'étais à l'intérieur du tambour, brassée, secouée. Ils me semblaient nombreux à cogner au plafond comme une armée d'humains prêts à défoncer toutes ces stupides barrières que l'homme dans son ignorance pense être une protection. Je ne me sentais plus à l'abri. Je pensais au pas des SS, avec leurs bottes noires, leurs pas identifiables entre mille. Je pensais au pas de mon père, lorsqu'il s'approchait de ma chambre d'enfant. À la menace acoustique, qui à tout instant pouvait surgir et vous arracher la vie malgré les murs et les portes.

Je l'avais surpris dans la cuisine familiale, obligé par ma mère à enfiler un costume de Père Noël. Il ne voulait pas et elle insistait, c'était pour moi, disait-elle. J'ai aussitôt compris mon erreur et je n'ai jamais su pourquoi mes pas ce jour-là m'avaient conduite hors de ma chambre. J'y suis immédiatement retournée comme un automate.
Et puis, il y a eu les images à la télévision, le Père Noël depuis le ciel franchissait les toits de toutes les maisons, il était sur un charriot tiré par des animaux.
Mon père était ce père-là, il était partout à la fois, il n'y avait aucune possibilité de lui échapper.

Je l'ai compris en regardant ce soi-disant ami des enfants, agir même jusque dans le poste de télévision. Il avait envahi le monde comme ces hordes de nazis.
La terreur me prit et la réalité de ce monde m'a transformée en un objet mou, sans plus aucun réflexe, j'étais partie, à l'abri derrière un mur infranchissable. Je respirais encore sans que mes yeux rejoignent une vision quelconque, sans même un bruit pour me sortir de mon état léthargique. J'étais devenue une enfant en chiffon.

Sous les combles de cette maison, je revivais cette terreur enfantine et je compris qu'il était toujours présent, il habitait mon inconscient et peu importait que cette fête de fin d'année ne dure qu'un temps.
Je pleurais de rage et d'impuissance. Après toutes ces années, rien n'avait changé.
Mes deux jambes tremblaient, elles voulaient fuir celui qui portait une fausse barbe blanche et des habits rouges, ce père qui était le mien comme celui de tous les enfants.
Il ne fallait pas que le Père Noël fasse partie de mes contes de fées, je le haïssais.

Ma mère m'a transportée chez ma grand-mère maternelle et toutes les deux se sont occupées de moi, je suis revenue à la vie, alors elle m'a laissée pour aller rejoindre son mari.

J'étais à nouveau terrorisée, pourtant je n'avais plus à avoir peur d'eux, ils étaient tous morts depuis longtemps mais mon corps ne faisait que me rappeler l'enfer.
J'ai fini par m'endormir de mon sommeil négligé, désordonné et jamais serein.

Je préférais les matins tout en sachant qu'il n'était pas bon de rester couchée sur un lit car c'était elle, ma mère, qui m'obligeait à me coucher et à me lever. Elle me disait que j'avais de la chance et je la croyais. C'était mon ange blond et lumineux qui annonçait ma mort, c'était ma fascination morbide, mon envie de mourir pour lui faire plaisir. Je ne mangeais pas, c'était mon seul pouvoir, elle ne s'inquiétait que de ça.
Le sommeil aussi négligeable que l'appétit, ils viennent puis repartent.
Mais aujourd'hui, j'ai dévoré une pizza, je crois que je mange comme un ogre et c'est faux.
Mourir et vivre à la fois, c'est compliqué.
Je vous avais avertis que les contes de fées sont d'une tristesse phénoménale. Mais à présent, j'estime que vous êtes suffisamment aptes à lire mon témoignage. Et je ne partage pas mon histoire de vie pour vous entendre dire que « Ce monde est pourri ! », ou bien « À quoi bon ? »
Les contes de fées commencent très mal, c'est vrai !
Mais heureusement, ils connaissent une fin heureuse et je veux croire qu'une telle fin est possible pour moi.
Il suffit d'y croire…

Samedi 13 octobre

Si à présent vous êtes aptes à lire l'innommable, c'est donc que vous existez vraiment.
Admettons que mon journal intime soit un succès littéraire. On aborderait alors le sujet de l'inceste, qui reste encore un des plus grands tabous de notre société, qui préfère souvent nous ignorer, nous les victimes. Nous sommes condamnées à la place des coupables. Bref ! Je pourrais aider à faire évoluer les consciences un minimum, afin que cette omerta cesse et qu'enfin la parole des enfants soit reconnue dans les souffrances d'adultes. Peut-être que je donnerais la force qui manque à certains de mes frères et sœurs de combat. J'allumerais une lumière d'espoir et ils seraient de plus en plus nombreux à prendre la parole. Enfin, nous serions fiers de nous montrer en pleine lumière et ensemble, nous nous débarrasserions de nos habits de honte, notre propre peau. Au nom du bien commun, j'apporterais une pierre à l'édifice.
Malgré tout, personnellement, je serais perdante. Partager cette expérience de vie n'aura pas l'effet cathartique suffisant et dans la balance, je perdrais tous mes autres secrets.
C'est mon journal intime et il doit rester lu par des lecteurs imaginaires, de vrais amis qui ne mettront jamais ma parole en doute.
La vérité ou les mensonges, j'ai décidé de ne rien omettre donc je vous avertis, il vous sera difficile de me croire, et pourtant…

J'ai grandi dans les mensonges et pour m'en protéger, je me suis inventé des milliers d'autres vies que j'ai transportées jusqu'à l'âge adulte telle une valise remplie d'absurdités. Des choses comme des propos ou des comportements inaptes qui ne pèsent pas lourd puisqu'ils ne valent rien. Mais c'est tout ce que je

possède et donc je distribuerai à tous mes pauvres attributs faits pour émouvoir ou divertir. Et que me restera-t-il lorsque je me serai entièrement dévoilée ?
Mon absurdité est légère, c'est une bulle de savon et je crains qu'elle n'éclate.
N'ai-je pas écrit avec mon âme ? Et qu'allez-vous en faire ?
Mon esprit est une construction de stupidité, un enchevêtrement de divertissements idiots afin de calmer tous les fous de mon enfance, les distraire pour qu'ils ne pensent pas à me faire du mal.
Avec eux, j'avais échoué mais pas avec lui, il était parfait dans ce rôle. J'appuyais sur ses boutons et il réagissait aussitôt, je l'ai aimé pour son extraordinaire émotivité et j'ai fini par détester son impulsivité.
Vouloir contrôler la folie, une aberration de plus. Croire qu'il ait été un prince charmant, une déraison totale. Et d'illustre inconnue, je deviendrais un personnage public, un non-sens de plus.
J'avais été un rat de laboratoire sur lequel on essaye toutes sortes de molécules aux effets secondaires redoutables. Malgré cela, je n'avais accepté aucune étiquette, aucun diagnostic, aucun dogme. Puisque je devais déjouer le monde entier depuis que j'avais su la vérité au sujet du Père Noël. Vous comprendrez que ma situation est très compliquée et que je me débats avec des souvenirs qui me hantent et m'empêcheraient de profiter d'une quelconque gloire. De plus, je crains d'être un phénomène de foire, une résiliente médiatique comme dans ces anciennes attractions de cirque, la femme girafe ou encore la barbue, exposée à la vue de tous. Un objet de curiosité affublée d'une tare, la tarée.
En y pensant, j'ai le vertige. La tête me tourne comme si elle était suspendue dans le vide à très haute altitude.

Vous seriez trop nombreux et j'aurais honte de mes enfantillages. En faire toujours trop et jamais assez, ça deviendrait ma devise afin que vous ne m'oubliiez pas. Je courrais après vous, après cette prétendue reconnaissance et je ne rêverais plus que de vous reconquérir. Le succès est éphémère, il ressemble à l'amour que je n'ai jamais reçu. Vous vous lasseriez de mes jeux perpétuels. Mes enfantillages vous fatigueraient. Et je ne veux pas vieillir avec vous. Personne ne doit abîmer mon conte de fées. Car pour l'instant, il a juste été égratigné, pas abîmé, pas usé. Juste comme au premier jour, juste avant le drame.
Avant d'être chassée du Paradis.
Je ne garderais rien de ce faux romantique, de ce fiel prince charmant et lui, je sais qu'il me regrettera. Et je resterais la meilleure des animatrices car personne ne pourrait me surpasser dans ce rôle. Je l'ai suffisamment diverti, il ne m'oubliera jamais. Tandis que j'ai gagné un bien plus précieux, ma liberté.

Dimanche 14 octobre

Des petits crimes ont lieu tous les jours et si souvent que nous ne pouvons pas prêter attention à tous ces dysfonctionnements quotidiens. Mais quand les mois passent et que rien ne semble s'améliorer, nous sommes bien obligés d'affronter ce qui devient alors une réalité, et non plus un énième événement anecdotique. Et si les questions se bousculent au plus mauvais moment de notre vie, c'est que le hasard n'a pas sa place. Une rupture dans votre existence vous amènera à faire un tri douloureux parmi vos amis, il ne vous sera plus possible de tolérer certains agissements C'est l'heure des comptes, cette horloge temporelle est un crèvecœur de plus que vous auriez préféré affronter en des temps plus sereins. Hélas, la résonnance est trop vive et il est impossible de subir plus longtemps ce qui a le caractère d'une véritable trahison.

Mon amie, ma sœur de cœur ne m'avait pas consolée et encore moins considérée. Pourtant, elle ne ressemblait en rien à ce faux prince charmant fainéant et immature. Mais une entreprise commerciale avait volé sa bonne humeur, elle ne riait plus et ne souriait plus que par convenance. Il était évident que son corps, comme son esprit, était épuisé et que son âme était à sec. Son travail ne lui laissait le temps que de s'endurcir mois après mois, pour tenir encore un jour de plus. Elle s'était fait broyer par un système d'exploitation humaine comme tant d'autres avant elle. Elle n'était plus mon amie, celle que j'admirais pour ses qualités de cœur. Burn-out, cet anglicisme pour désigner un ange qui glisse et qui se fracasse au sol. Elle s'était transformée en un bloc d'indifférence, glaciale et hautaine, et elle n'était pas tombée au sol.
Je connaissais cette instrumentalisation pour l'avoir subie. Ce

n'était pas mon père, ma mère ou la drogue qui m'avait conduite en urgence dans un hôpital psychiatrique mais un simple job de vendeuse. En un temps record, une année et trois mois. J'avais été consumée jusqu'à ce qu'il ne me reste plus la moindre étincelle d'énergie.
Certains réussissaient, ils devenaient des employés modèles jusqu'à devenir consentants et satisfaits de leur sort, se donnant eux-mêmes des objectifs irréalisables à atteindre tels des sportifs d'élite. Reconnaissants envers l'entreprise pour quelques marques de reconnaissance parmi toutes les brimades quotidiennes.
Elle avait perdu sa joie de vivre. À présent, elle faisait semblant d'être pétillante, d'être la fille drôle et attentionnée que je connaissais mais elle n'était pas du tout crédible. C'était sa plus mauvaise prestation, et c'était peut-être ce personnage qu'on lui demandait de jouer sur son lieu de travail.

Je sentais chez elle une exaspération constante qu'elle retenait grâce au peu d'énergie qui lui restait et la moindre parole remettant en cause sa façon de vivre aurait certainement été l'agression de trop. Les efforts à fournir du lundi jusqu'au vendredi pour supporter sa condition l'avaient privée de toute remise en question de sa situation. J'avais cessé de m'inquiéter pour sa santé, j'avais épuisé tout le stock de conseils et de suggestions. Elle me parlait parfois de ses collègues. Tous survivaient à des cadences infernales, à des exigences sans fin et ils se détestaient cordialement, plus ou moins, suivant les jours. Ils étaient les rouages d'une machine, des robots à la chaîne dotés d'une seule et même pensée, celle de conformer leurs âmes à l'appétit de l'ogre, l'Entreprise.
Le ventre de cette bête n'était jamais satisfait. Il fallait sauver sa peau chaque jour ouvrable dans ce grand magasin, que l'on soit

au rayon sport, vêtement, déco, ou nourriture. Pour ne pas se laisser avaler par cette entreprise de consommation, ils médisaient sur leurs collègues absents tandis que d'autres, plus sournois, se chargeaient de plus basses manœuvres. Ils donnaient leurs âmes pour la richesse de quelques-uns tandis qu'une foule de consommateurs, ignorante ou pas des conditions de travail, nourrissait l'ogre insaisissable.

Mon amie pratiquait la technique du dos rond que l'on nomme « le lâcher prise ». D'ailleurs, elle en était fière comme si elle pratiquait au quotidien une religion faisant d'elle une personne aux facultés supérieures à la moyenne. Mais je voyais bien que cette méthode avait ses limites, les mêmes que celles du temps consacré à sa vie sociale, de plus en plus restreinte. Et des ordinateurs se chargeaient de l'évaluer tandis qu'elle souriait pour de faux, sans défaut apparent.

Moi aussi, j'avais craint de perdre mon travail. « Évaluation » avait été un mot menaçant, une épée de Damoclès au-dessus de ma tête. « Évaluation » et son cortège de mesures à prendre afin d'inverser la courbe descendante. On vous l'expliquait dans un jargon professionnel afin de vous désigner comme seul responsable de votre échec. La dictature commence avec les mots. Mais en réalité, c'était le calcul d'un ordinateur qui définissait chaque jour ma propension à la servilité.

Combien sont-ils, ces employés bien dressés par ce système économique ? Pressés comme des citrons ? L'ogre est mondial, il sucera notre sang jusqu'à la dernière goutte sans aucun état d'âme. Ensuite, chacun de nous sera remplacé par un produit plus frais, plus jeune, aussi avide de performances que nous l'étions avant d'être jetés.

Mon amie a fini par détester ce monde.

C'est une réaction normale, n'est-ce pas ? Qui n'a rien à voir avec la sage décision de lâcher prise.

Sa misanthropie était à la hauteur de sa colère retenue. Pour se consoler, une autre espèce, les animaux. Ses deux chiens et ses deux chats mis au pinacle de la Création. Ceux-là mêmes qui avaient définitivement ruiné mon séjour et mes nuits sur son canapé. Selon sa classification actuelle, j'étais en dessous de cette société-là. Elle ne possédait plus aucun sentiment de solidarité humaine, c'était du chacun pour soi, une nécessité pour survivre, ne faire confiance à personne. La loi des hommes était celle de la jungle, elle s'était emmurée dans cette croyance, armée d'un esprit de glace. C'était son armure contre le monde extérieur et j'étais du mauvais côté.

Il n'y avait pas de corporation prolétarienne, ils partaient tous comme à la mine, sous une pression permanente, en rivalité constante, les uns contre les autres, sans que jamais ils n'en sortent glorieux. Ils n'affrontaient pas de grisou, n'entaillaient pas la roche et ne creusaient pas de tunnels ensemble, et pourtant ils étaient aussi épuisés que des mineurs de fond et condamnés comme eux à ne pas voir la lumière du jour. À la différence près qu'ils avaient perdu toute envie de lutter contre le système qui les exploitait, cette invisible et inatteignable machine… Et ainsi en les divisant, l'ogre se démultipliait, faisant d'eux de multiples complices. C'était un piège redoutable pour les esprits, l'entreprise leur avait volé toute pensée propre.

Quand elle avait fini son travail, mon amie ne pouvait pas en parler, pour ne pas revivre sa détestable journée, elle se taisait, et n'amenait aucun sujet de conversation. Elle m'écoutait parler. J'essayais de la divertir durant les quarante-cinq minutes que durait son trajet de retour. Quarante-cinq minutes de vide. Je parlais à une absente. Aucune histoire ne pouvait lui redonner sa joie. Je ne lui en voulais pas, elle ne semblait pas s'apercevoir de son changement de personnalité.

Mais j'ai préféré ne plus subir son hostilité gratuite et inutile, je l'ai touchée en plein cœur en sachant qu'elle ne me le pardonnerait pas, j'ai dénoncé son amour pour ses animaux comme une aberration. J'ai pensé que ce scénario était inéluctable, il n'était pas le fruit du hasard. C'était un tout écrit à l'avance comme une grande histoire qui nous reliait tous par des fils invisibles et j'avais été un maillon de cette chaîne, bâillonnée par la peur.

Lundi 15 octobre

Je deviendrai vieille, et alors, enfin, je pourrai parler à haute voix aux oiseaux sans passer pour une cinglée. En attendant ces jours bénis de la vieillesse qui permet ce genre de fantaisies et recueille même l'approbation des autres, je continue à m'adresser, en secret, à toute une population volante ainsi qu'aux arbres et même au ciel. En fait, je dialogue quotidiennement avec tout ce monde, que souvent, je vous l'avoue, je félicite pour son souci de l'esthétisme.
Je souffre d'une fracture de l'âme, la laideur m'a envahie trop tôt et le temps s'est arrêté à mes deux ans et demi. J'essaye de modifier ma vision du monde pour permettre à la petite fille blessée d'accéder à sa beauté. Je parle aux nuages afin de lui faire plaisir. Aujourd'hui, je leur ai confié ma peine, ce sont des mouchoirs célestes qui peuvent sécher les larmes si le ciel est suffisamment bleu. J'ai dit adieu à ma sœur de cœur devenue si tristement mesquine avec sa souffrance, et ensuite, sur un chemin de terre, je me suis concentrée sur de petits cailloux identiques à ceux qui remplissaient mes poches d'enfants. Parmi les dizaines d'innocents qui m'aideraient à oublier son absence, j'ai choisi le plus brillant de tous pour remplacer sa froideur de pierre. Enfoui dans ma main, il m'a dit qu'il était faux de croire que l'amour déplace les montagnes car elles sont trop lourdes à porter et mieux vaut les laisser sur place !
Cependant, j'aurais aimé briser sa carapace et m'introduire dans son cœur mais j'ai craint son indifférence. J'ai peut-être été lâche. Je culpabilise de l'avoir laissée à son triste sort. On n'abandonne pas un membre de sa famille mais je n'avais jamais demandé une telle considération. Et c'est elle qui m'avait dit : « Je suis plus attachée à toi qu'à ma propre sœur. »
Je l'avais crue aussitôt, c'était inespéré de bénéficier d'un tel

cadeau, toute une enfance à rêver de n'être plus seule.
Et à présent, j'étais une fois de plus déçue !

Je cuisinais trop souvent des repas de fête et ma fille s'étonnait que je m'implique autant à la cuisine. Je ne voulais pas la décevoir, j'avais besoin de son approbation. Elle était contente car j'étais utile. Son amour était fait de recettes de cuisine, j'étais une cuisinière. Les repas devaient lui plaire car il ne fallait pas qu'elle me rejette à son tour. D'ailleurs ma chambre ressemblait à celle d'une domestique, je devais m'en contenter.

Je logeais sous les combles et les jours se ressemblaient, ils avaient tous la même forme. Cette chambre en V à l'envers avait-elle des vertus ? Était-elle le révélateur de ma conscience, étant donné qu'en son sein je redevenais une toute petite fille effrayée par le moindre regard, tandis que le soir, son toit m'écrasait ?
De mon lit, je pouvais toucher le plafond avec mes doigts et cette proximité détruisait toutes mes nuits. Un géant effroyable surgissait et la peur me réveillait.
Hier soir, au comble de l'angoisse, couchée dans ce lit de malheur, j'ai compris la différence entre la peur et l'effroi.
J'avais pu saisir la sensation physique du néant et c'était la signature de la bête. C'était mon père. Et toutes les nuits le même cauchemar revenait, il me glaçait la mâchoire. Mon visage tel un masque de fer reprenait ses marques rigides, mes os avaient froid et chaque cellule de mon corps contenait un poison rampant le long de mon épiderme.
C'était l'ogre qui me dévorait.
Mon impuissance me dictait le plan le plus cruel : il fallait que je lui plante un couteau dans le cœur. Mais je n'arrivais pas à concrétiser cette idée, à chaque fois, j'échouais.
Pourtant, je devais imaginer ce crime, le visualiser, le créer avec

moult scènes afin de savoir si je pouvais à présent me défendre contre lui. Et parce que je devais être efficace en acte, ce geste fatal devait atteindre sa cible sans hésitation, je devais donc faire appel à toute ma haine pour ne pas lui laisser la moindre chance. Mais c'était lui ressembler et cette perspective était insupportable car alors je m'identifiais à lui, à cet homme dont je partageais les gènes. Il était mon père et physiquement, nous avions des traits communs. J'étais si effrayée par cette hérédité que je m'obligeais à exécuter des bonnes actions. Cette tâche était à refaire constamment, afin de racheter toutes les fautes et je n'étais jamais sûre de moi : étais-je une bonne personne ? Constamment, je scrutais chacune de mes pensées.
C'est sans doute grâce à cet effort constant que j'ai pu comprendre que ce toit qui me tombait dessus était comme un corps masculin qui s'abattait sur moi. Il ne fallait plus que mon père traverse les toits, alors, je m'adressais à cette petite fille de deux ans et demi : « Le Père Noël n'existe pas. »
Hier soir, enfin, elle est sortie de sa prison d'effroi.

Mardi 16 octobre

Je souhaitais envoyer un mail à mon ex afin qu'il pense à arroser ma plante verte. Je ne veux pas qu'elle meure. Il n'est pas du genre à prendre soin d'une plante. Quelqu'un me l'a déconseillé toutefois, me disant qu'il serait capable de l'arroser avec son urine. D'après cette personne, que je puisse me soucier du sort d'un organisme végétal et pas du sien le mettrait dans un état de rage indescriptible, et cette simple demande de ma part lui indiquerait le moyen de se venger de mon indifférence. Un crime à sa portée, car je lui ai fait comprendre que nos biens communs ne m'intéressaient pas. Il ne reste donc que cette plante… La faire crever avec un puissant jet de pisse lui procurerait sans doute un grand plaisir faute de mieux !
Il s'est échiné à retrouver la moindre facture, ajouté moult descriptifs de chaque objet sur des listes interminables envoyées par mails. Puis, le lendemain et les jours suivants, selon son humeur, il modifiait la valeur de nos biens accumulés durant nos quatorze ans de vie commune. Ce qui semble le préoccuper en ce moment est le service de table. C'est un travail qui l'occupe quotidiennement car je suppose qu'il se sent injustement mis en tort. N'est-il pas ce gentil garçon qui s'est toujours soucié de moi ? Il ne souhaite pas me léser mais ses nombreux et interminables courriers électroniques sont autant d'indices montrant son envie de débattre avec moi.
Je suis une femme sans cœur, le sien est généreux et donc je vais devoir l'écouter mais surtout l'approuver et lui dire, si je veux qu'il me reste quelque chose, qu'il est une bonne personne et que j'ai eu tort de le quitter. Je lui ai proposé de tout vendre et qu'il garde la totalité du produit de la vente. Il a refusé, il n'a soi-disant pas le temps de s'en occuper ! Je lui ai alors soumis une autre proposition. Dès que je réintégrerai mon domicile,

je l'aiderai à vendre le tout et lui fournirai les factures prouvant les ventes effectuées avant de lui verser sa part. C'est un jeu de dupes ! Car en réalité, je vais brader tout notre mobilier et ensuite lui donner la somme dérisoire de cette transaction juste pour le plaisir de voir sa tête à ce moment-là !
« Je n'en suis pas là ! » a-t-il répondu à ma proposition.
Et il a recommencé à m'envoyer une liste interminable d'objets. Que je n'ai pas lue.

Il ne faudrait pas qu'il réalise que ma plante verte est le bien le plus précieux que je possède, cet être vivant avec qui j'espère partager encore de nombreuses années alors que lui ne fera plus partie de mon quotidien.
Cette plante est très spéciale car elle m'a choisie dans le magasin où elle était exposée. Elle a attiré mon attention et j'ai compris qu'elle désirait que je la sorte de cet endroit au plus vite. Sur le coup, je n'ai pas répondu à cet appel à l'aide et je l'ai oubliée. Mais lorsque la semaine suivante, je suis retournée dans le magasin, alors que j'avais oublié sa présence, elle m'a incitée à me retourner dans sa direction et j'ai compris que je devais la libérer. Je l'ai donc achetée, tout en la mettant en garde :
« Je n'ai pas la main verte. »
Depuis, nous avons un contact privilégié. Je crains de la perdre. Les meubles peuvent bien changer de propriétaire, elle, non.

Mercredi 17 octobre

C'était à moi de redistribuer les cartes dans le bon ordre. Je n'étais pas la femme de mon père, ni la mère de ma mère. Bien sûr, je connaissais la vérité des filiations, mais la normalité appartenait à un autre monde. J'avais été partie prenante dans ces stupides contes pour enfants, je créais des pseudo-miracles au quotidien en distribuant du bonheur, moi, la détentrice des rêves éveillés, je savais mieux que quiconque éveiller les consciences humaines. Il fallait bien « tenir la baraque » afin que toute cette bande de détraqués soit suffisamment heureuse pour qu'elle ne pense plus à me faire du mal. Et j'étais restée ce personnage alors qu'aucun n'avait jamais adhéré, ne serait-ce qu'une seule fois, à mes tours de passe-passe dérisoires.

Je peux vous stimuler, vous divertir et vous faire oublier tous vos soucis car je suis la reine des astuces, le zani des calembours, la faiseuse de bons mots, la détentrice des farces et attrapes en tout genre et je n'ai pas honte, malgré mon âge, de placer un coussin péteur sous vos fesses.
Chers lecteurs, je le ferais et même si je faisais chou blanc, eh bien je trouverais toujours un adepte, un seul spectateur me suffirait. La lumière qui s'allume dans l'œil d'un seul de mes congénères est toujours un soleil qui me réchauffe.

Ma mère partait en voyage de plus en plus souvent. Une fois, je l'avais oubliée, je ne me souvenais plus de l'avoir connue. J'ai alors entendu le mot « maman » dans la bouche de dizaine d'enfants. Ce mot est difficilement parvenu à mes oreilles. Ils ont dû me répéter, dans la cour de récréation :
« Ta mère est là ! »
J'avais donc une mère, comme tous les enfants.

Je la vis comme une apparition céleste, elle me souriait, j'étais comme eux, elle me revenait. Il fallait que j'agisse comme ils l'auraient fait, je me suis donc approchée d'elle, elle se trouvait à l'entrée du portail et sans aucune explication, elle a abrégé ma journée d'école et nous sommes parties ensemble dans un café. Mon père était à l'intérieur. Je savais qu'elle était partie sans lui et qu'il était resté seul dans l'appartement. Il a disparu peu après notre arrivée dans les toilettes. J'avais cinq ans. Je l'ai suivi, sans raison, et nos regards se sont croisés dans le reflet du miroir au-dessus du lavabo, alors qu'il portait à sa bouche une pleine poignée de médicaments. Pas un mot ne fut prononcé. Il a avalé le tout sans aucune hésitation. J'ai regagné la table où se trouvait ma mère, elle riait fort entourée de plusieurs personnes. Ses amis ? Je l'ignorais. J'ai voulu lui parler de cette scène de catastrophe, mais elle n'a pas voulu m'entendre et a continué à rire avec ces gens. Je lui aurais gâché sa fête, je le savais.
Pour finir, elle m'a raccompagnée chez ma grand-mère et a disparu à nouveau.

Depuis, je suis devenue experte en fête jusqu'à rejoindre le ciel. Mon esprit est un nuage et je peux m'égarer dans l'infini. Mon âme est une pâte à modeler. Mais la réalité est limitée, aussi triste que tous les immeubles qui nous gâchent la vue et nous barrent le ciel, aussi dérangeante que toutes les routes qui nous empêchent d'entendre les oiseaux.

Imaginez, chers lecteurs, que vous deveniez des rêveurs comme moi ! Et imaginez que ce spectacle a été conçu spécialement pour que nous puissions l'éprouver physiquement, qu'il s'incarne dans notre corps et qu'il nous soulève hors de ce monde urbain sans beauté. Plus haut que les barres d'immeubles, plus fort que les engins motorisés.

Mais que se passerait-il alors ?
Je vous le demande parce que je ne le sais pas moi-même. La seule vérité qui m'importe est que mon âme n'est pas à vendre, la vôtre non plus. Elle n'est pas à louer, à donner, à brader et encore moins à sacrifier. Si elle meurt, une part de moi s'en ira. J'ai fini par le comprendre.

Jeudi 18 octobre

Des astres s'éteignent et d'autres s'éveillent ou continuent à briller dans le cosmos. Nous, les humains, sommes constitués de poussière d'étoiles mais nous avançons sans jamais les regarder, sans lever la tête, pas plus que nous nous soucions, pour la plupart d'entre nous, de notre âme. Et pourtant, nos âmes brillent de mille manières. Certaines s'éteignent par la faute de leurs propriétaires qui ne les sollicitent jamais, d'autres s'éveillent lors de prises de conscience par des personnes qui découvrent alors une part d'elles-mêmes jusque-là ignorée. Et d'autres sont comme des trous noirs, si vous vous approchez trop près, elles vous avalent car elles se nourrissent de votre énergie. Les trous noirs sont énergivores, ils demandent toujours plus de pouvoir. Notre lumière intérieure est ce supplément ou ce déficit d'âme, qui définit qui nous sommes par rapport à nos actions.
Certaines comparaisons sont plus pertinentes que d'autres.
Je vous laisserai donc juges de celle qui suit.
Qui pourrait dire combien son âme brille ? Le monde est rationnel et ne se pose pas ce genre de question. La question semble idiote, elle n'intéressera que des farfelus épris d'ésotérisme. Un folklore pas très sérieux pour des gens en mal de sens à donner à leur existence.
Mais tout d'abord, il me faut séparer le bon grain de l'ivraie dans un autre domaine. Faire la différence entre ce qui est en lien avec mon passé et ce qui est de l'ordre de ma récente condition. L'amalgame pourrait être explosif.

Mes parents ne se sont jamais posé la question de leur amour pour moi, pour eux cet amour était réel car dans leur folie, ils étaient sincères.
J'étais une enfant qui ne pleurait pas.

À quoi bon être réconfortée par ses tortionnaires ?
Mon père avait saccagé mon corps. Je souffrais de douleurs fantômes tel un amputé qui se plaindrait de ce qui n'existe plus. Aucun médecin ne pouvait me soulager. Je souffrais d'un cancer de l'âme à un stade très avancé que l'on nomme inceste.
Et la haine de ma mère avait taillé dans mon esprit et dans toutes les connexions de mon corps des abymes multiples et vertigineux qu'il m'avait fallu comprendre ; toutes les réponses qui m'étaient parvenues avaient été des expériences spirituelles. Pourtant, durant la majeure partie de mon existence, j'avais fait partie de ces gens qui ne croient en rien à part à ce qu'ils voient, et l'idée du néant après la mort m'apparaissait comme une aubaine. Elle me réjouissait, car elle signifiait qu'il y aurait une fin à ma souffrance. Mais, un jour, une toute petite voix s'est fait entendre, presque inaudible parmi toutes mes émotions délétères. Elle m'a appris que tout se résumait à des énergies, la vie comme les émotions, les pensées, les mots qui sortaient de ma bouche, les croyances qui me faisaient agir, réagir.
Et il y avait cet inconscient, le mien, que je devais disséquer comme pendant ce cours d'anatomie où j'avais intuitivement saisi que l'essentiel était caché. Ce que j'avais enfoui au plus profond de mon esprit n'était pas une petite crevette rose mais une grosse mouche à merde et avec ses griffes velues, elle m'avait ouvert l'abdomen. C'était comme ce scalpel qui d'un coup tranche, et vous dévoile toute la cruauté du monde avec cette nouvelle vérité, que l'on peut vous écraser à tout moment comme un insecte insignifiant.
J'avais senti sa joie sadique me traverser le corps lorsque sa violence et ma souffrance s'étaient rejointes. Je me suis souvenue de sa satisfaction perverse et de ses mots faisant écho à mon effroi. Il a fallu aussi que je me souvienne de ce lit qui ne cessait de bouger furieusement, de ces draps qui me recouvraient

le corps alors qu'en dessous, des serpents allaient me saisir par les pieds, et des seules solutions possibles, devenir invisible et surtout, ne jamais dormir. Hélas, le sommeil me rattrapait toujours et il m'engloutissait.

Et chaque nuit, l'ampoule s'allumait au plafond me signifiant mon erreur, je n'avais pas réussi à rester éveillée. C'était donc ma faute si ma mère était en colère contre moi.

Ainsi, j'avais décortiqué ma petite âme de deux ans et demi et je m'étais immergée à nouveau dans la perversité familiale, cet enfer aux nombreux sous-sols. Je les ai tous visités, je devais le faire afin de comprendre leur folie à tous et me libérer d'eux, qui formaient ma famille. Père, mère, grands-parents étaient restés rationnels dans leur folie et j'étais devenue irrationnelle avec mon imaginaire, tandis qu'ils s'offusquaient de toutes sortes d'injustices dans ce bas monde.

Pour vaincre la malédiction, pour, surtout, ne jamais leur ressembler, j'avais créé des centaines d'histoires et même des épopées qui m'emportaient loin de la laideur de leur société.

M'imaginer faire partie d'une autre culture était mon échappatoire, j'étais une guerrière croyant aux forces occultes de la nature, destinée à combattre ce qu'on nomme la Civilisation, ce monde d'apparences où la parole n'est jamais associée aux actes. Parmi les bien-pensants, beaucoup s'offusquaient à la vue de ce qu'ils nommaient « les mauvais sauvages ». La question était de savoir si ces sauvages possédaient une âme. En effet, lorsqu'ils dansaient comme possédés par les démons, ils étaient pareils à des animaux, des bêtes sans âme qu'il fallait domestiquer afin que meure la sauvagerie ! J'avais de nombreux ennemis mais j'étais une amazone et avant de partir au combat, une chamane avait transporté mon âme dans celle de mon animal fétiche ; le corps peint, je sillonnais la forêt profonde et sauvage, j'allais d'arbre en arbre, je les connaissais tous comme je connaissais

chaque plante. Je ressentais vibrer la terre sous mes pieds. Nous étions liés par des codes secrets et indivisibles. Je partais combattre avec la conviction que j'étais une femme libre. Avec la seule fierté dont la civilisation ne pourrait me priver, celle de mourir fièrement. Dans mes veines, une essence farouche, la dignité.
Et dans une autre incarnation sur cette terre, avant de mourir, j'avais dit aux miens :
« Ceci est un beau jour pour mourir ! »

Vendredi 19 octobre

Je veux croire que j'ai été protégée car j'ai survécu, enfant, à toutes sortes de sévices graves, puis, à l'adolescence, un drame majeur est survenu : le passage à l'âge adulte. Je savais que je n'étais pas à la hauteur et que bientôt on découvrirait l'étendue de la supercherie. J'étais incapable de grandir et le fait de me représenter comme un membre actif de la société me donnait des angoisses telles que je n'osais plus que regarder mes pieds. En fait, je me regardais avec le regard de haine de ma mère, qui s'était inscrit pour toujours dans mon inconscient.
Cependant, j'ai compris que ceux qui m'entouraient refusaient également l'âge adulte et se comportaient comme d'éternels adolescents. Ils semblaient détenir la solution à mon problème, l'héroïne, cette poudre blanche qui les rendait joyeux puis absents.
Tout un cortège de délinquants, en tête duquel ma mère adorée, mon exemple. Ma loyauté était totale. Mais surtout, je désirais partager avec elle des moments de complicité, même si notre complicité avait le goût de la mort.
Puis j'ai été mère et j'ai cru à la vie et à cet amour inconditionnel dont personne ne pourrait me priver. À travers ses différents âges, je me suis comparée à ma fille, lui donnant toutes les qualités que je ne possédais pas. J'étais fière, ma fille ne me ressemblait pas. Lui servant de sœur de jeu, j'ai vécu par elle l'enfance que je n'avais pas eue. Je l'ai divertie par de multiples activités pour que jamais, elle ne songe à me quitter.
Malheureusement, mon amour n'a pas suffi à la retenir. Elle s'est détachée de moi avec une grande facilité. Ma fille est partie pour vivre ses grands rêves matérialistes.Et lorsque je me suis effondrée, elle a été ma plus grande absence.
Ce fut une deuxième chute.

Et puis, je me suis fait une raison, c'était mieux ainsi. Je désirais son bonheur, je souhaitais que perdure son insouciance superficielle. N'était-elle pas, elle aussi, issue de cette famille d'ogres ? Fuir à sa façon, fuir la folie tandis que je n'avais d'autre choix que d'y rester rivée.

Et en ce vendredi 19 octobre, c'est moi encore, l'errante, qui n'avait pas trouvé de point d'ancrage.

Avais-je seulement cru avoir une fille ? Où était donc le semblable qui me prodiguerait un peu d'affection ? Je ne demandais pas grand-chose, juste quelques mots, et une simple accolade.

À qui m'adresser ?

Un chien aurait probablement plus de chance que moi, il lui aurait été plus facile de croiser sur sa route un quelconque quidam prêt à lui concéder une caresse.

Alors, mes amis les plus fiables, ce ne peut être que vous, chers lecteurs de l'invisible, et je vais vous parler de la personnalité d'un arbre. Vous croyez sans doute que ma peur de la solitude me fait entendre des voix qui n'existent pas, eh bien, certes vous avez raison, les arbres ne parlent pas. Et pourtant…

Je suis donc allée me réfugier sous le noyer dans le jardin et je lui ai demandé de prendre ma peine. Il est intelligent car il m'a permis de comprendre que plus le rêve avait été haut, plus la chute était conséquente, mais qu'il n'y avait pas de limites à l'imaginaire. Et je pouvais encore entendre le chant des oiseaux, le bruit du vent dans les feuilles. J'avais la possibilité de ressentir le monde, de m'élever en âme et conscience.

Un lierre grimpait sur un tronc beige aux durillons crevassés, il m'a invitée à explorer intimement le moindre de ses détails. Des fils d'or tissés par des insectes enchevêtrés dans les feuilles vertes m'indiquaient que la nature fabriquait des assemblages compliqués pour mieux s'y retrouver. Des canevas magiques jusque sous la terre, des racines se croisaient, elles m'ont donné des frissons de vie. Je n'allais plus chuter pour qui que ce soit. Je savais parler aux esprits invisibles.

J'avais été amnésique, j'étais devenue clairvoyante.

Samedi 20 octobre

Chers lecteurs, ce journal est vivant, il possède une âme. Aujourd'hui, je suis triste et je croyais naïvement que j'allais vite reprendre le dessus… Dans les contes de fées, ils n'existent pas, les séparés ; il y a les divorcés tout au plus, et les veufs et veuves sont admis. L'amour est l'épilogue de toutes ces histoires. Les tragédies ne sont que des épisodes, de simples étapes permettant d'accéder aux marches glorieuses d'un amour infini libre de tout tracas. Alors quand certains s'en vont guerroyer contre des dragons et autres monstres, ils le font en sachant qu'ils reviendront victorieux et glorifiés par une foule en liesse. Toute une société de gens à la bonne humeur pathologique, souvenez-vous d'eux : cette princesse profondément endormie, cette domestique exploitée avec une seule chaussure au pied, cette jeune fille n'ayant pour amis que des gens de petites tailles, sept en tout, vieux et tous barbus sauf un, trop simplet pour qu'un poil lui pousse. Et chers lecteurs, connaissez-vous la cause de leur hilarité quasi permanente ? La réponse est simple : l'amour triomphe toujours de la fatalité. Ils peuvent donc bien rigoler et trouver leurs débâcles amusantes car ils ne vont jamais chuter. Je n'ai pas envie de rire.
Ils partent à la mine avec des sourires blancs et remontent à la surface sans aucune trace de suie, toujours bien propres. On peut tout leur faire subir, ils ne se fatigueront jamais. Rien ne peut les atteindre, ils continuent de chanter, enchantés par leur crétinerie.
Je me suis calquée sur ces grotesques personnages, c'était le seul exemple positif à ma disposition.
Je vais devenir cinglée car j'ai envie de commettre un crime sur une de ces blanches donzelles immatures et je ne vous parle même pas du prince charmant, pour celui-là, j'utiliserai une

arme de guerre, un lance-flammes. Qu'il se retrouve donc en lambeaux et tous les sourires disparaîtront. Je les ferai tous valdinguer hors de leurs bouquins, qu'ils viennent donc faire un tour dans mon monde à moi.

Hélas ! Je ne peux m'emparer d'aucun d'entre eux. J'ai toutefois du mobilier à disposition. J'ai envie de faire voler les chaises du jardin de chez ma fille ! Le transat, cette chaise longue, ce symbole de tranquillité semble me narguer depuis ce matin.

Je suis révoltée comme si j'avais été victime d'une très mauvaise farce.

Je dois résister à ma rage car je me sens sur un siège éjectable dans cette maison inoccupée.

J'ai besoin de laisser cet endroit tel quel. C'est un hébergement très provisoire, qui ne résistera pas à la fracture d'un seul siège, fût-il en plastique. Ma fille me téléphonera peut-être depuis un pays lointain, j'entendrai sa voix insouciante et alors je devrai lui mentir, lui expliquer que malgré moi, j'ai cassé une chaise dans son jardin et que, bien sûr, je me dépêcherai d'aller lui en acheter une autre. Je m'excuserai et elle me répondra que ce n'est rien. Mais elle le dira d'un ton froid et elle abrégera la conversation, ce que j'interpréterai comme le signe évident de mon incapacité à éviter un ennui de plus ! Et j'imaginerai qu'elle regrette sa générosité à mon égard.

Mon addiction aux contes de fées est une arnaque et ces héros sont de sublimes crétins.

Samedi 20 octobre, soir

Je ne dors pas, je pleure et eux n'ont jamais pleuré dans aucune de ces histoires pour enfants.
Je ne le voulais pas.
Mon soi-disant prince charmant m'a volé mes illusions. J'aimais le voir content. J'aurais aimé le rendre heureux. Les moments de bonheur ont-ils vraiment existé ? Je ne le pense pas.
Il ne lui plaisait pas de vivre en dehors du chaos. Son plaisir était de s'indigner. Cette forme d'excitation bouillonnante lui renvoyait l'image d'un homme juste et puissant. L'état du monde le préoccupait entièrement, alors que le sien, il ne s'en souciait pas. C'est encore un de ces crétins sublimes ! Mais lui n'était pas sympathique. Il n'y avait pas de dragons à l'horizon et pas un seul ogre dans notre quatre pièces et pourtant, il était en guerre et c'était moi, sa seule adversaire.
M'a-t-il crue machiavélique telle une femme de pouvoir prête à tout pour préserver sa domination sur son homme ? Quitte à être plus virile en me musclant les bras jour après jour dans ce fameux centre de fitness, qui le rendait particulièrement jaloux ! Oui, c'est vrai, nous vivons dans une société capitaliste et les revendicateurs dans son genre n'ont pas la vie facile. Et face à l'injustice croissante qui sonne la fin de notre monde, les grands sensibles font de parfaits consommateurs de médias. Comme lui, beaucoup souffrent de n'avoir aucun plan de rechange, aucune autre histoire à disposition. C'est vrai ! Les contes de fées sont puérils. Mais il n'avait rien à proposer sinon sa vision d'un futur catastrophique, vision peut-être réaliste dans son spectre matérialiste, mais si déprimante. Alors veuillez m'excuser de ne pas m'alarmer aux sons de ces trompettes de la mort.
Mon insouciance l'exaspérait.

Les arbres nous survivront. D'ailleurs, la science peine à donner un âge à certains d'entre eux, ils sont immortels en comparaison à notre petite existence terrestre.
Mon âme rejoindra la racine d'un de ces vénérables et sages dignitaires de la beauté de ce monde.
Ils sont plus fiables que les humains.

Dimanche 21 octobre

Beaucoup d'écrivains ressemblent à de vieux célibataires, ils ont des manies. Ils choisissent tel stylo ou telle police d'écriture sur leur ordinateur, je pense que la liste est aussi longue que le nombre qui s'exerce à l'écriture.
Je ne fais pas exception à la règle. J'ai quitté mes habitudes, je ne loge plus sous les combles de la maison que j'avais fini par détester et pourtant, j'ai l'impression d'avoir comme brisé une amitié avec ma chambre sous les combles. J'en déduis que l'écrivain est autant aventurier qu'indécrottable maniaque. Le fil de ses idées retient ses envies plus fortement qu'il n'a le désir de s'en émanciper.
J'ai laissé mon dernier paragraphe écrit sur mon portable, il est dans ma valise, en suspens. Et à présent, je mène une double vie. Je suis avec cette amie, je lui parle tout en pensant à rectifier, corriger, améliorer différentes parties de mon texte. Je lui souris tout en réfléchissant à la pertinence de ce que j'ai écrit la veille. Je l'écoute tout en regrettant que mon nouveau logis ait interrompu mes usages scripturaux. J'ai perdu le fil de mes idées. Je voulais être libre et sans le comprendre, j'ai mis en place des barrières jusqu'à fermer toute porte sur l'extérieur. Contrainte à sociabiliser, je me sens énervée de ne plus pouvoir penser à la suite de mon journal.
Je m'ennuie en écoutant mon amie me parler, je ne ressens aucun intérêt à vaquer à la moindre occupation, je ne rêve plus, mon imagination, je l'ai laissée sous les combles.
Et pourtant, la veille, je souffrais d'une grande solitude, je devrais donc être heureuse de partager des mots et des rires. Durant des heures innombrables, je suis restée seule à mon clavier, m'adressant intimement à la partie la moins visible de mon corps, mon esprit, qui me manque à présent. Heureusement, il

m'est venu l'idée que les humains avaient été dotés d'une forme d'humour subtile, l'autodérision, qui leur permettait de lutter contre l'égocentrisme.

L'idée d'être insatisfaite parce que je n'écris pas chaque jour me laisse perplexe. Je veux profiter d'un peu plus de légèreté. Ne suis-je faite que d'une seule matière, le tourment, qui me maintient au cœur d'un drame constant ? N'en croyez rien, je ne suis pas assez sérieuse pour cette folie-là !
Cette après-midi, j'ai souhaité devenir une fille superficielle. J'ai pris beaucoup de temps à choisir parmi les couleurs de vernis de mon amie et finalement, j'ai opté pour un gris irisé en pensant qu'il s'accorderait à la perfection avec mes habits. Mais hélas, j'avais oublié mon problème, je voyage léger, je n'ai que quelques vêtements de rechange. Je n'ai pas pu jouer ce personnage, la fille superficielle qui ne pense qu'à être belle. Il me faudrait aller chercher toutes mes fringues avant de procéder à de multiples essayages. Or, je ne le peux pas, je ne vais pas lui demander la permission de venir chez moi afin de récupérer mes habits.

Lundi 22 octobre

Hier soir, je n'ai pas réussi à rester en mode superficiel.
Mon passé est une caisse de résonance, certains souvenirs sont amplifiés par un écœurement qui ne me quitte pas. C'est une indigestion mentale, je n'accepte pas d'avoir dû participer adolescente à cette bacchanale débridée. D'avoir apprécié cette grande fête païenne quotidienne où l'on a sacrifié toutes les formes de mon innocence.

J'ai quinze ans, je suis entourée de junkies aux usages sordides. Je ne souhaite pas vous décrire la façon dont ils consomment quotidiennement leur dose de substances illicites, je veux plutôt vous parler de leurs mœurs étranges et de l'humour très particulier qui régnait dans ce milieu opiacé, en particulier de l'humour de ma mère. Ce fameux humour qui remportait toujours un franc succès, elle faisait mouche avec ses blagues sur la vie et la mort. À peine refroidi, qu'elle se payait déjà la tronche du macchabée. J'ai certainement ri aussi. C'est vrai, ce n'est pas du tout respectueux, mais après tout ! Il n'avait qu'à pas se faire prendre, ni par les flics, ni par la mort. C'était la règle tacite et on la connaissait tous sans en avoir jamais parlé ouvertement. Ainsi nous pouvions juger de la qualité de chacun, de notre valeur réelle.
Il était facile de nous glorifier d'être des trompe-la-mort ou des hors-la-loi illustres, car toutes sortes de fracas existentiels se produisaient autour de nous. Ma mère ne risquait pas de manquer de sujets, elle me faisait souvent rire. Mais une de ses blagues en particulier s'est gravée dans ma mémoire et celle-ci, je ne pourrai jamais l'oublier.
Un jour de chaos comme les autres, elle m'a dit :
« Il a changé son fusil d'épaule. »

Devant mon air étonné, elle s'est reprise :
« Ah non ! Il a passé l'arme à gauche. »
J'ai aussitôt compris de qui il s'agissait mais je suis restée muette de stupéfaction, alors elle a ajouté à mon intention :
« Ben quoi ? Il s'est suicidé ! »
Ma mère n'était pas très douée pour les subtilités de la langue française et d'ailleurs personne ne lui aurait reproché son manque de culture et encore moins son manque de finesse, sauf quand elle ratait l'exercice périlleux de piquer la seringue au bon endroit.
Dans cette société de veines atrophiées, le nombre de gags se mesure au nombre de pertes de conscience, qu'elles soient momentanées ou définitives.

Je me souvenais de lui, de cette toute première fois où il avait pénétré chez nous, ou plutôt chez ma mère et son mec, le dealer. Je l'avais vu s'avancer après avoir franchi la porte d'entrée comme une apparition incongrue, surgie d'un autre monde, d'un endroit inconnu et totalement contraire au nôtre. Il marchait le long du couloir qui menait à toutes les chambres de cet enfer. Dans sa façon d'avancer son corps, dans tout son être, de la tête aux pieds, on voyait qu'il était innocent.
Aussitôt, j'ai été énervée par ce stupide homme sans valeur. Que faisait-il ici parmi nous ? Il ne serait qu'un pigeon, une bonne nourriture à se mettre sous la dent. En prime, on pourrait lui brosser le portrait sans qu'il morde, même pas un peu. Les sarcasmes fatalement lui tomberaient dessus, ma mère se chargerait de l'humilier, comme nous tous. Il n'allait pas se faire plumer, il l'était déjà, prêt à se faire dévorer par la faune dégénérée qui franchissait tous les jours notre palier.
Quelle idée de ne posséder aucune noirceur…
Il était une lumière aveuglante et agressive s'introduisant chez

nous pour nous déranger. Il ne fallait pas qu'il vienne, je ne le voulais pas. Il n'était pas de notre espèce.

Croyait-il qu'il pouvait impunément franchir notre porte ? À côté du petit voyou minable qu'était l'amant de ma mère, il était une tache voyante, une immense faute de goût. Il avait perdu d'avance, je le savais et n'ai plus voulu y penser. Il avait décidé de venir par ici frotter sa jolie échine toute neuve, eh bien il allait apprendre très vite les règles de la maison.

J'avais raison. Le changement s'est opéré en peu de temps, et rapidement il a perdu son éclat. Je le voyais jour après jour plier devant le petit caïd en son fief, qui était le maître du destin de cet homme, dont j'étais sûrement amoureuse sans vouloir me l'avouer. Il s'est fait un plaisir de l'enfoncer dans la même crasse que lui, que nous. Il l'a enfoncé dedans plus profond encore que nous. Il en a fait un mendiant ayant perdu toute dignité, prêt à ramper pour quelques grammes de poudre blanche.

Je lui en voulais et pourtant je savais depuis ses premiers pas dans notre couloir qu'il n'était pas adapté. Je l'avais trouvé beau et il ne l'était plus.

Il avait une femme et un enfant dans une autre existence, un monde que je ne connaissais pas et que j'imaginais inatteignable.

Je préférais continuer à l'ignorer pour ne pas voir sa déchéance. Il restait à notre disposition en journée pour une course en voiture ou pas, et il se faisait rabrouer quand il osait demander un peu de sa mort alors qu'il n'avait pas pris le volant.

Un jour, je me trouvais assise sur le siège passager, je ne sais pas pourquoi j'occupais cette place. Nous n'étions que tous les deux. Il m'a dit :

« Je n'en peux plus, je suis désespéré. »

C'était la première fois qu'il me parlait et je ne lui ai rien répondu.

À quoi bon ? Il était dans sa voiture, il pouvait à tout moment la faire démarrer et rejoindre sa femme et son enfant.
Mais ça, je ne savais pas le dire et je savais qu'il ne le ferait pas.
Et si j'ai su son prénom, je l'ai vite oublié.
Ne pas se souvenir, c'était un problème parmi tant d'autres.
C'était mon entraînement quotidien que perdre la mémoire.
Mais je ne pourrai jamais oublier l'humour de ma mère, en particulier quand elle m'a appris sa disparition subite.

Peut-être que je l'aime encore puisque je ne l'ai jamais oublié.
J'aurais voulu parler à sa femme, cette inconnue, et lui dire qu'il était une bonne personne.

Parfois, des énormités sortent de ma bouche mais jamais je n'égalerai ma génitrice.
Il faut que je me méfie de mon humour.

Vous comprendrez, chers lecteurs, à la lecture de cette éducation particulière, que je puisse croire posséder de mauvais penchants issus de la plus grande chienlit de l'humanité. Il me faut faire de l'ordre lorsque des angoisses surgissent. Mais heureusement, je possède une bonne étoile, un ange gardien, sans cela je serais certainement une crapule. Mon protecteur céleste ne fricote pas avec le menu crottin, ni les gros étrons. Ben non ! Il ne va tout de même pas s'occuper de la lie de l'humanité.
Vous ne pensiez tout de même pas, chers lecteurs, que je pouvais m'en sortir sans une aide puissante car comment sinon aurais-je pu définir la frontière entre ce qui est admissible et ce qui est de l'ordre de la méchanceté, du sadisme, de la perversité ?
Il m'a fallu la même lumière que celle de ce jeune homme qui, en l'espace de deux mois, l'avait perdue.

Mardi 23 octobre

Oh ! Dieux de l'Olympe ! Je m'adresse à vous, moi, l'enfant qui baissait la tête devant ses parents pour ne pas croiser leur regard.
Lui, je pouvais le regarder sans peur.
Il m'avait fallu détourner mes yeux de ceux de mon géniteur mais parfois je devais obéir et regarder les deux Gorgones qui me servaient de parents, ces génitrices effroyables, qui m'avaient transformée en statue de glace. J'avais compris qu'il ne fallait plus jamais voir leurs visages alors j'ai baissé la tête vers le sol et mon dos a supporté le poids de ce monde.

De temps en temps, il me regardait avec bienveillance, plus particulièrement en public. Je me rends compte à présent de la supercherie et pourtant je regrette ces rares instants où j'ai cru à son amour.
Maintenant, cette image n'existe plus, je n'ai plus aucune représentation de ma valeur réelle. Alors m'est venue l'idée que sur les réseaux sociaux je pourrais chercher un miroir. À l'abri derrière mon écran et les photos me représentant, j'inviterais des hommes. Un monde virtuel à ma portée. Ils le remplaceront aisément, ils me diront sans doute que je suis belle.
Mais je sais que ça ne suffirait pas !
Hélas, je ferais partie de ces nombreuses femmes qui pour plaire un peu plus, ne peuvent résister au miroir aux alouettes ! C'est un piège que je connais, l'attrait éphémère d'un objet.

J'avais été son joli petit sac à main, ce sac avec lequel ma mère se promenait dans la rue jusqu'à ce qu'il soit démodé. Depuis j'avais grandi et je n'attirais plus les regards, ni le moindre compliment. J'avais échoué à lui plaire.

L'entendre me dire « Tu es belle » me rassurait, c'était mon point faible. Je réalise que quelques compliments ont suffi à me retenir longtemps et pourtant aujourd'hui, je les réclamerais encore, ces mots illusoires, pour ne pas devenir à nouveau cet objet inutilisable.

Je dois vous l'avouer, je suis en charpie, faite de fils tendus sur de vieilles toiles, servant à faire des pansements. Il faut constamment me rafistoler car rien ne semble me réparer puisque je ne sais vivre qu'à travers un regard qui n'est pas le mien. Mais où se trouve le docteur qui restaure les regards que l'on a posés sur vous, ces yeux doux qui vous bercent et vous rassurent, vous permettent de croire que vous existez aux yeux du monde ? Où puis-je trouver une valeur me correspondant ? Un sac à main ne dure pas toute une vie, il s'use et on le jette pour en acheter un autre.

Les questions se bousculaient dans ma tête, alors j'ai décidé de sortir car aucune réponse n'est venue me rassurer.
Je marchais sur le trottoir, le corps en morceaux, l'esprit éparpillé et je l'ai vue au loin. C'était une silhouette féminine, elle s'avançait dans ma direction. J'ai aussitôt compris qu'elle était moi, la nature étant impitoyable, elle donne puis elle reprend. C'était une jolie femme mais déjà elle montrait les premiers signes d'une fanaison à venir. Elle avançait, pleine des questionnements liés à cet âge féminin. Je le sais car, parvenue à ma hauteur, elle s'est redressée plus droite qu'un coq sur ses ergots. Il fallait qu'elle se mesure à moi et se convainque qu'elle me surpassait sur le plan esthétique. Elle a laissé une trace de son passage, son ego avait doublé de volume et j'ai compris qu'il était inutile de jouer à ce jeu-là. Le temps n'épargne personne et il est vain de dépenser de l'énergie à tenter d'y échapper. Elle

a laissé dans son sillage un parfum d'hostilité stagnant et pénétrant, tout à fait désagréable. Je me suis dépêchée de dépasser cette source de mépris.

Toutes les petites guerres d'ego menées tous les jours ne présageaient rien qui puisse me satisfaire, pourtant je désirais la même chose que cette femme : être une force d'attraction. Cette force qui subjugue, qui fait qu'un corps est appelé par un autre. Je souhaitais briller comme elle, mais d'une autre façon. J'étais certes faite d'une enveloppe charnelle, mais pas seulement. L'aura de mon âme n'était pas une abstraction ni une croyance farfelue. Elle existait sur le plan physique et je pouvais me servir d'elle, comme d'une autre partie de mon corps. Membre vivant, comme mes jambes qui me permettaient de marcher plus ou moins vite et même de courir, mon âme me permettait de m'élever au-dessus des préoccupations matérialistes de notre monde. Évidemment, je ne ressemblais pas à un ange vertueux et mon esprit produisait autant de mauvaises idées que de bonnes.
Ces sensations, qui pourront vous sembler étranges, étaient peut-être en fait les conséquences de l'inceste…
Je pouvais cependant faire la différence entre ce qui était de l'ordre de l'angoisse et ce qui me transportait dans un rêve éveillé. Mon corps avait souffert et portait les traces de l'abus mais il était aussi capable de petits miracles. J'arrivais à modifier mes états de conscience jusqu'à atteindre des sensations d'euphorie. Je menais un combat qui parfois m'amenait aux portes du désespoir et heureusement que je possédais cette énergie facile à produire, elle me permettait de transcender toute forme de malheur jusqu'à m'incarner physiquement dans un monde où aucun souci de quelque ordre qu'il soit ne puisse m'atteindre. Certes, ce n'était pas une drogue et cependant je n'arrivais pas

à m'en passer. Dès que je le pouvais, je partais en osmose avec moi-même.

Je menais une double vie, encore une fois. J'avais l'air d'être tout à fait ordinaire alors que mon corps soulevait mon esprit plus haut que n'importe quelle préoccupation matérialiste.

C'est en partie grâce à ce phénomène que je réussissais à surmonter mes traumatismes.

C'était bien le seul avantage octroyé par mon destin et si quelques turbulences gâchaient ce vol hors du temps sur cette terre, eh bien, je guettais un signe qui me donnerait la solution. Et justement, aujourd'hui sur ma route, nous nous sommes croisées. Elle a été la réponse à ma question. Cette passante m'avait délivrée d'une vieille angoisse, d'une fausse croyance, d'une existence basée sur un plan unique, le matérialisme avec ses limites. J'ai été capable de chasser cette fausse idée, je n'étais pas juste un corps qui peu à peu se dégraderait. Je pouvais ne pas plaire, ça n'avait plus d'importance, je me sentais libre à nouveau. Et j'aurais voulu dire à cette femme :

« Les compliments sont aussi libres que le vent, il ne faut pas essayer de les retenir. »

Mercredi 24 octobre

J'ai toujours dû me battre et finalement j'ai perdu la guerre et ses inutiles batailles au nom de l'amour. Je vous l'avoue, j'ai aimé être cette guerrière prête à tous les sacrifices afin d'atteindre les cœurs de mes proches. Mais pas un seul ne m'a considérée avec la valeur dont il estimait avoir droit pour lui-même. Et le vent a emporté toutes leurs belles promesses jamais tenues.

À présent, je suis libre et je ne sais pas quoi faire de ma nouvelle vie. Ce repos m'est insupportable, je n'ai plus aucun effort à fournir alors que je m'étais habituée à mon sacerdoce. En réalité, j'ai refusé ce que je croyais être ma mission de vie, venir en aide à tous ces fous.
Bien sûr, je suis une vilaine fille car dans les contes de fées, les vaillantes âmes veillent à la bonne marche du monde et elles ne renoncent jamais. J'ai refermé tous ces livres de contes avec ces vaillants et héroïques personnages, ils ont été mes sœurs, mes frères, ma famille et tous m'ont dicté leur façon de vivre, tous m'ont dit qu'ils étaient des exemples à suivre. Ils m'ont donné l'élan qui m'a permis de continuer à regarder le monde avec amour, sans l'hérésie de ne pouvoir aimer ses parents. Cependant, les rêveurs ne sont pas adaptés à société, ils ne produisent rien de tangible et sont donc inutiles.
À présent, je suis une adulte et il devient de plus en plus difficile de m'évader dans le monde actuel. Mon ouïe ne peut percevoir que le bruit des engins motorisés, mon odorat, leurs odeurs écœurantes et ma vue est limitée, il n'y a aucun horizon, que des barres d'immeubles.
Rien n'invite aux rêves et les centres commerciaux appauvrissent mon esprit tout en me proposant toujours plus de produits à acheter. Les enseignes lumineuses m'indiffèrent et toutes ces

marques de vêtements et d'objets de consommation m'ennuient. La prospérité affichée sur tous ces panneaux publicitaires ne me fait pas rêver. Alors je continue d'imaginer des fictions qui me transportent ailleurs, hors de la ville et de toutes ses nuisances. Pourtant, le progrès me facilite la vie, je suis habituée à ce confort, et est-ce que j'aurais le temps de rêver si je devais m'en passer ? Eh bien non, chers lecteurs, il faut être réaliste. Néanmoins, je reste attachée à mon imaginaire car je trouve triste de n'être qu'une consommatrice. Les hypermarchés sont immenses mais ils ne possèdent aucun mystère et mon imaginaire s'éteint quand je les vois, comme une lumière qui s'étiole et finit par ne plus briller.

Cette après-midi, je me suis apitoyée sur le sort des platanes plantés au bord des routes et cette question m'a préoccupée : pourquoi avoir choisi spécialement cette espèce-là ?
La peau de leur tronc est tachetée, ils plissent aux entournures, là où les branches naissent comme le pli de manches trop grandes. On dirait des éléphants, robustes mais avec une peau si fine qu'elle s'écaille à certains endroits et pourtant, ce sont eux qu'on a choisis. Alors, pourquoi ? Peut-être à cause de leur épiderme particulier justement, car combien de tôles se sont encastrées et combien de chocs ont-ils subis le long de ces routes au bord desquelles on les a plantés ? Certainement font-ils tout leur possible pour limiter les dégâts humains. Ils devraient nous en vouloir davantage car souvent nous les mutilons et de leurs branches ne naissent alors que des moignons, des membres amputés comme sur autant d'accidentés de la route. Pourtant ils sont silencieux et regardent, placides, notre folie qui roule sans discontinuer devant eux.
Je vais me fondre dans le vert de la nature, dans le bleu du ciel et ainsi j'oublierai les malheurs du platane.

Croyez-vous, chers lecteurs, que je souffre de fantasmes enfantins ?

C'était le cas, oui, jusqu'à ce que je fracture la boîte noire, celle des souvenirs perdus. J'ai traversé le miroir dans sa totalité et je suis revenue à la vie en trompant la mort. Depuis, je me suis affranchie de cette réalité matérialiste et j'ai pris des risques afin de comprendre ce qui se cache derrière les apparences. J'ai franchi certaines limites qui m'ont conduite au bord de la folie et j'ai eu très peur. Mais mon désir de comprendre les mystères de ce monde était plus fort et je croyais mener une mission de vie.

Je suis toujours cette enfant en quête de vérité.

Jeudi 25 octobre

Les voyages de l'esprit seront les prochaines destinations futures. Il y a tant de mondes à inventer.

Cette après-midi est apparue une de mes compositions, un composé de paillettes d'or entouré d'un ciel bleu, je me suis imaginée courir jusqu'au centre et j'y suis arrivée, j'ai plongé à l'intérieur de mon esprit et je me suis incarnée physiquement dans ce tableau. Hélas ! La réalité m'a rattrapée, j'ai pourtant essayé de repousser les murs de ma chambre d'enfant, de m'envoler par le toit jusqu'à franchir les limites de ma conscience, je souhaitais tant continuer à explorer toute la diversité de mon imagination. Mais je suis encore prisonnière de mon enveloppe charnelle, la peur est revenue. Je sais toutefois que je la vaincrai car je ne renoncerai pas.

Vendredi 26 octobre

La vie use autant que les années qui passent.

Êtes-vous résignés à subir jour après jour les diktats de la société de consommation ?

J'aimerais réveiller votre émerveillement, faire en sorte que chaque jour vous apparaisse comme unique et non comme l'énième répétition de la veille, sans que vous ayez besoin de prendre un avion pour vous évader.

J'aimerais être celle qui, après avoir déposé un voluptueux baiser sur votre bouche, éveillerait votre conscience jusqu'à la grâce subtile d'un matin pas comme les autres, une aube lumineuse qui vous délivrerait de vos préoccupations matérialistes afin que les rêves ne finissent pas par tous mourir.

Mais je ne le peux pas, parce que dans les contes pour enfants, aucune femme ne fait ça et les princes charmants sont chastes et falots !

Pourtant, j'ai envie de vous donner des frissons de vie.

Ne croyez pas que je sois aussi naturellement vivante. Actuellement, je subis d'amères désillusions et je dois lutter, une torpeur mélancolique me donne envie de renoncer à toute forme d'enthousiasme.

Oui, c'est encore un jour de plus sur cette terre de misères en tout genre, et même la météo s'en est mêlée, un vent tempétueux à l'humeur méchante en forme de ras-le-bol général a jeté un froid supplémentaire sur les visages de tous les citadins que j'ai croisés dans les rues. Mais, je suis allée au restaurant ce midi, n'est-ce pas déjà un plaisir que de se faire servir à table ?

Étais-je trop exigeante avec les amis que j'ai rejoints ? Non, puisque je ne leur ai rien dit ! Mais par contre, à vous chers lecteurs, je demande de faire l'effort de vous réjouir. Votre compagnie doit être motivante sinon je risquerais de vous quitter plus tôt que prévu. C'est ce qui m'est arrivé ce midi.

Je suis désolée mais la présence du vent très prononcé ce jour-là fut plus agréable, il m'a permis de m'envoler loin de ces tristes visages.

Les mouettes au bord du lac s'étaient transformées en engins supersoniques, c'étaient des as de la voltige, des bolides sans frein. Un couple de corneilles dansait un ballet noir sur un fond de ciel gris, ils tournoyaient l'un contre l'autre comme deux amants rebelles dans une joute amoureuse sans fin. Ils m'ont donné envie de les rejoindre, comme les pigeons éparpillés par le vent, qui avaient enfin de l'allure, ils n'étaient plus ces rats des villes volants grassement.

Où était donc l'imagination créatrice de mes amis ? Alors que le monde invitait au jeu et à la contemplation de sa beauté…

La pluie est venue à grosses gouttes, le ciel s'est engorgé tout entier, il a déversé sur ma tête une vivifiante douche automnale. C'était la panique parmi les humains, ils couraient dans toutes les directions afin de s'abriter au plus vite. Moi, j'étais trempée et heureuse.

Mes amis au restaurant avaient été une piètre compagnie, leurs conversations m'ont fait l'effet d'un énième jour identique à tous les autres, ils ont parlé du monde du travail, de la société et de ses injustices et je n'ai pas compris. Ne pouvaient-ils pas profiter de ce moment de restauration ? Sourire à la chance de pouvoir choisir, comme des enfants gâtés, un menu sur une carte aux choix multiples ? Nous aurions pu aborder les sujets tristes au moment du café, n'aurait-ce pas été une meilleure idée ? Ce n'est pas que je veuille faire la leçon, ni à vous, ni d'ailleurs à mes amis. Mais demain, on ne sait pas ce qui peut nous arriver. Or, aujourd'hui, ils étaient déjà un peu morts, j'ai senti un vide en eux et ils ont continué à le remplir de la plus mauvaise des façons.

J'ai beau aimer la compagnie, la mienne doit se mériter ! Je ne peux pas motiver toute une société, je ne peux pas donner aux uns et aux autres une énergie salvatrice alors qu'ils la perdent dans chacune de leurs phrases en ne parlant que de malheurs. Et pendant ce temps perdu, une multitude de créatures volantes s'envoyaient dans les airs et si tous ces oiseaux savaient la manière dont nous occupons notre temps, eh bien ils se moqueraient de nous jusqu'au dernier des pigeons.
Restez vous-mêmes, mes amis, j'ai renoncé à vous distraire car j'ai enfin compris qu'il ne servait à rien de le faire. Et j'ai pensé à ma sœur de cœur.

Son travail avait tué en elle tout sentiment. Elle avait perdu ses émotions dans cette lutte quotidienne visant à ne jamais donner à l'adversaire la moindre prise. Le soir, en rentrant chez elle, elle n'avait plus l'énergie de laisser sa combinaison de protection au vestiaire. Elle avait le même ton morne avec sa supérieure et les mêmes répliques de défense, un répertoire de phrases types comme « J'entends bien ! ».
Ces mots résonnaient encore en moi et je me suis souvenue des silences qu'elle laissait s'installer juste après, des grands blancs dans nos conversations sans qu'elle éprouve la moindre gêne. C'était devenu insupportable et lorsque je lui avais avoué ne plus savoir quoi lui dire, à nouveau aucun son n'était sorti de sa bouche, j'avais dû reprendre la conversation sans aucune aide de sa part. J'avais fait semblant d'être à l'aise tandis que je sentais grandir le malaise jour après jour.
Et durant six mois, peut-être davantage, j'avais animé à moi seule toutes les conversations car je ne voulais pas l'indisposer davantage. Elle n'avait plus aucune vie à me raconter et j'étais devenue une animatrice, une employée du divertissement avec un créneau horaire, le retour en voiture de son travail à son

domicile. Son monde était devenu incolore et indolore et je pouvais bien souffrir, elle ne ressentait plus aucune empathie, elle allait me faire du mal.

J'étais fâchée contre elle et déçue d'avoir dû prendre cette décision. Je n'allais de toute façon pas éclaircir son horizon et elle allait éteindre le mien, le monde s'essoufflait et c'était comme un burn-out général, elle n'avait pas été épargnée contrairement à ce qu'elle pensait. Elle était prisonnière de sa condition tout en croyant être libre. Elle était comme dans une serre chaude, où les esprits s'échauffent ou bien finissent amorphes et vides.

À présent, elle détestait les humains et je ne ressemblais ni à un chat, ni à un chien.

Samedi 27 octobre

Mes chers amis lecteurs,
J'ai commis un crime de cœur, j'ai rompu une amitié avec celle que je considérais comme une sœur. Je me sens déraisonnable d'avoir exclu de ma vie une personne aussi responsable et productive pour la société. Alors qu'elle était une excellente salariée, je n'avais eu de cesse de la mettre en garde car je craignais pour sa santé, la priant même de démissionner ! Mes conseils n'avaient fait que conforter l'idée qu'elle se faisait de moi, son jugement en ma défaveur s'accentuait jour après jour, au fil de nos conversations téléphoniques. Durant nos échanges, j'essayais de la distraire de ses soucis, sans succès. Je n'avais pas compris encore qu'elle avait fini par me considérer inapte à la normalité. Comme les médecins psychiatres, qui disaient que j'étais incurable... J'avais pourtant fait très attention à ne pas leur révéler certaines de mes particularités. Je ne leur ai jamais dit que j'entendais des voix en plus du reste, ni que je ressentais l'énergie des plantes. Ils n'ont jamais su que j'aimais dialoguer avec les arbres.

Un arbre m'a parlé aujourd'hui, j'ai posé ma main sur son tronc et il m'a répondu qu'on ne brûlait plus les sorcières en place publique, que le monde matérialiste ne suffisait plus à quantité de gens, que ceux-ci étaient à la recherche d'un nouveau sens à donner à leur existence.
Mon psy de ce mardi a été un marronnier.
Il fallait encore m'en convaincre car un subtil trauma karmique me soufflait que dans une autre vie, j'avais sans doute échappé de peu au bûcher et la peur de mes semblables me hantait toujours. Mais une voix intérieure m'a rassurée, je l'ai entendue dans mon esprit, ou plutôt elle s'est inscrite en moi et m'a

clairement révélé que chacun de nous avait son propre vécu.
Ce vécu était inscrit physiquement dans la démarche des uns et des autres, que cette après-midi, j'avais pu observer sans crainte. Ils marchaient dans la rue avec tous une histoire à raconter. J'étais enthousiaste de découvrir autant de possibilités parmi ceux que je considérais si différents de moi. En les regardant, j'ai compris que toute cette diversité humaine était une richesse. J'étais heureuse d'appartenir à la même espèce qu'eux.
J'ai alors pensé à cette amie, qui à présent détestait le genre humain.
Je flânais parmi tous ces gens et je n'avais plus peur, ils pouvaient peupler les rues, surgir de derrière un mur, une colonne ou une façade, me heurter dans leur hâte, me regarder droit dans les yeux ou ne pas le faire, ça n'avait plus d'importance !
J'aurais pu écrire une histoire avec tous ces personnages, tantôt joyeux, tantôt tristes et en colère, certains combatifs, d'autres hautains ou rêveurs, mes exacts semblables occupés par des émotions et des préoccupations.
J'avais besoin de leur présence et la compagnie des arbres ne pouvait les remplacer.
C'était dans l'ordre de l'univers, chacun avait sa place et nous étions reliés par un fil tendu, celui de la vie sur cette terre et ce que nous allions devoir affronter.
Et le soir de cette journée si particulière où j'ai ressenti le calme d'une âme en paix, j'ai été saisie par un coucher de soleil en feu, chaque nuage était absorbé par une force lumineuse et tous convergeaient comme aspirés dans un goulet d'or. C'était une masse appelée à disparaître mais avec un ordre de passage et chaque élément, qu'il soit blanc, rosé ou grisâtre était amarré à ce centre en fusion. Tous finissaient par s'y engouffrer pour disparaître aussitôt et ne faire qu'un avec l'astre couchant, jusqu'au dernier d'entre eux.

J'aurais aimé que les liens qui nous unissent soient semblables à ce ciel, qu'ils meurent dans cette extraordinaire beauté pour renaître le lendemain avec la même envie, celle de former un tout.

Dimanche 28 octobre

J'entends des voix dans ma tête et donc, il n'y a que deux explications possibles. Je vais citer en premier la moins pire, je suis médium, puis l'autre, je suis délirante. Sans risque de finir sur un bûcher, je pourrais faire de cette particularité une profession et dans ma clientèle, ne figurerait aucun psychiatre. Je peux vous l'assurer. Évidemment, j'ai gardé mon problème secret, il ou elle aurait décidé aussitôt de stopper la communication. Croyez-moi, les neuroleptiques sont parfaits pour couper net toute forme de vie, il ne subsiste avec eux que le besoin de manger et de dormir. Peu importe que mes voix soient des amies soucieuses de mon bien-être ou de méchantes présences prêtes à me nuire. L'important est de taire ce qui est inconcevable pour les esprits éclairés qu'ils sont.

J'ai préféré m'adresser à une médecine alternative afin de comprendre de quelle nature était ce phénomène. Je suis donc allée consulter un maître Reiki, une femme qui justement avait elle aussi des facultés hors normes lui permettant de percevoir l'invisible aux yeux. Elle m'a rassurée. Ce n'était pas extraordinaire ! Mais certains de mes ancêtres s'étaient manifestés, et il n'était pas envisageable qu'ils recommencent. Heureusement, elle m'a appris qu'ils ne pourraient plus m'atteindre car mon aura, ce champ magnétique qui m'entourait, était suffisamment en bonne forme, tout comme sa propriétaire.
J'étais donc délivrée d'une telle expérience. Ces crapules de l'au-delà avec leur mauvais penchant, celui de me nuire éternellement, ne pouvaient aboutir à un quelconque résultat.
J'étais libre de toute culpabilité, débarrassée de toute mission apocalyptique, le chaos ne faisait plus partie de ma vie.
Évidemment, il avait été plus facile de croire en un monde seu-

lement matérialiste avec ses avantages, dont celui, non négligeable, de ne pas faire ce genre de rencontre digne d'un film d'horreur. D'ailleurs, durant la majeure partie de ma vie, je n'avais pas cru pas à ce folklore ésotérique.

Malheureusement, une de mes aïeules, ma tante en l'occurrence, Marie-Mai, a cru devoir m'aider et a fait irruption dans ma vie comme une infraction aux lois en vigueur. Mon esprit d'avant parfaitement cartésien m'a sauvée, il m'a révélé que ce que j'expérimentais était exact car lorsque j'ai cru bon la chasser de mon esprit, elle s'est engouffrée en moi par les pieds et m'a traversée de part et d'autre. Cette chose qui était comme un souffle a fini en quelques secondes par ressortir par le haut de ma tête. C'était stupéfiant. J'ai aussitôt senti, dans son sillage, une grande colère. Elle m'avait traversée de part en part, elle, suivie de son émotion vengeresse.

Comment ignorer ce que physiquement j'avais senti dans mon corps ? C'était effroyable mais j'ai gardé mon calme car j'ai compris qu'il valait mieux entamer un dialogue avec ma tante décédée afin de lui faire comprendre qu'il s'agissait d'un acte contraire aux bonnes manières. Et nous nous sommes entendues pour qu'elle disparaisse de ma vie à tout jamais !

S'en est suivie une violation de toutes mes croyances, je n'étais pas contente de savoir que l'histoire ne s'arrêtait pas, elle continuait avec ces mêmes personnages. Ces détestables décédés qui pour de multiples raisons n'avaient pas pensé à me demander mon avis : étais-je d'accord pour communiquer avec l'un d'entre eux ? Eh bien non, leur aurais-je répondu, avec aucun d'entre vous ! Excepté cette petite voix, qui parfois, mais très rarement, se manifestait dans les moments de ma vie où un choix capital devait être fait. Sinon, ils étaient nombreux, beaucoup trop nombreux à vouloir se faire entendre.

Lundi 29 octobre

Vous comprendrez chers lecteurs, qu'à la suite de cette expérience, j'ai radicalement changé. Forcément, je ne pouvais que me soucier davantage de mon âme, par peur de rejoindre dès mon trépas tous mes infâmes ancêtres.
Je me suis donc mise à fréquenter assidûment des associations caritatives. Je thésaurisais des points, je comptais mes bonnes actions comme autant de gages m'assurant une bonne ascension dans le haut astral. En tant que néophyte malgré moi, j'adhérais à tout un jargon ésotérique ainsi qu'à leurs représentants sur le net, tous s'exprimaient sur cet au-delà comme de parfaits orateurs à tout point de vue, ils étaient formidables puisqu'ils paraissaient voir, dans sa presque totalité, l'étendue du monde invisible. Parfois, pourtant, en prise avec la souffrance, j'ai été attirée par certains actes comme la prière, qui ressemblait plus à la dernière demande d'un condamné suppliant son bourreau de vite terminer son travail.
J'avais du retard. Il fallait donc que je me documente mais devant mon écran, beaucoup m'apparaissaient comme de grotesques représentants ! Comment se pouvait-il que des êtres éveillés, supérieurs au commun des mortels par le fait qu'ils peuvent communiquer avec les morts se mettent en scène de la sorte ?
Il m'était difficile cependant de douter d'eux. N'avais-je pas expérimenté moi-même l'incroyable ? Pourtant, je ne ressemblais pas à un ange et peut-être que pour beaucoup, j'allais devenir ridicule en parlant de mes expériences ésotériques. D'ailleurs, je détestais ce monde avec tout son folklore autour de la mort et ses représentants souvent affublés de pseudonymes, à l'instar des péripatéticiennes se donnant un petit nom pour des clients en mal de sensations.

Mais en regroupant toutes les informations, j'avais compris qu'il existait plusieurs niveaux et que le plus important était de ne surtout pas finir dans ce bas astral, il était vertigineux !
C'était la Nef des fous ! J'avais aussitôt voulu refermer cette porte, et que surtout plus jamais elle ne s'ouvre d'un iota. Mais de cette brève vision, il était resté la peur de les rejoindre dans cet enfer car j'avais perçu que beaucoup de ces disparus chérissaient le chaos avec toutes ses manifestations et j'étais issue de cette matière, j'avais grandi avec.
La question qui me pourchassait était : suis-je suffisamment une bonne personne ?
En effet, comment mesurer l'attraction de ce monde qui finalement m'avait facilement rejointe alors qu'il était bien plus difficile d'entendre la voix de ce qu'on nommait un ange gardien ?
D'ailleurs, cette entité n'était pas venue à ce moment précis où, sous l'effet de la colère, elle avait franchi la barrière qui me protégeait des autres, de ses semblables, et ainsi, je fus confrontée à d'autres visiteurs bien plus préoccupants et dangereux que ma tante décédée.
Sortir de ce piège, tout en me convainquant que je n'étais pas délirante afin de garder un esprit calme qui m'indiquerait la solution, n'a pas été facile. Mais avec l'aide toujours aussi discrète de ce qui me servait d'ange gardien et qui, je ne peux vous le certifier, n'est pas toujours ce que j'aimerais qu'il soit, j'ai réussi à trouver la bonne personne et elle a réparé mon aura.
Certes, à ma manière, j'étais devenue matérialiste et avec une ardeur calculée, je m'enrichissais dès qu'un pauvre bougre ou une bougresse avait besoin de mes services.
Je rencontrais plus de personnes âgées, elles occupaient leur temps libre tandis que je craignais de ne pas en faire assez !
Je m'étais engagée à améliorer mon karma en m'inscrivant dans une association d'aide aux réfugiés mais j'étais trop souvent an-

goissée. Le choc de cette rencontre spectrale me hantait alors que je devais faire bonne figure face à ces malheureux en quête de soutien. La pression était trop forte alors, pour me détendre, j'ai fini par choisir un bénévolat plus léger. J'ai intégré un collectif d'échange basé sur l'économie alternative. Là, j'ai fait la connaissance d'une femme de mon âge avec qui j'ai eu de brèves conversations.
Je vous parle d'elle car aujourd'hui, je lui ai rendu visite à l'hôpital. J'y étais obligée, si je voulais devenir une parfaite humaniste. Bien que je la connaisse peu, je devais remplir ma fonction, celle de collectionner les bonnes étoiles.
À la réception, je suis allée demander les informations nécessaires. Cependant, dans ma quête de bienfaitrice, l'absurdité me poursuivait : je ne voulais pas comprendre son nom de famille, et refusais de le prononcer. Il a pourtant fallu que je me lance. J'ai eu l'audace de le modifier légèrement pour atténuer l'ironie du sort : Mme Trèsbien est devenue dans ma bouche Mme Très-peubien. En de telles circonstances, personne ne pouvait porter son patronyme ! Sans ciller, la réceptionniste m'a renseignée.
Victime d'un AVC, elle avait perdu le langage, les mots restaient dans sa tête sans qu'elle puisse les formuler, elle était incompréhensible et elle-même n'arrivait pas à démêler la raison de ce qui semblait être un mystère apparu subitement, sans logique. Elle détenait la clef d'une porte et pourtant celle-ci ne s'ouvrait pas. Et ce qui semblait simple au départ restait en suspens, elle prenait un air étonné, ne comprenant pas que nous ne puissions la comprendre, s'énervait, s'impatientait de devoir encore chercher les mots qui étaient apparus dans son espace mental. Comme par un vilain tour de magie, ils disparaissaient sitôt surgis et échouaient à sortir de sa bouche.
J'ai terminé cette pénible visite à Mme Trèbien, fâchée avec son nom de famille. Elle ne méritait pas cet héritage nominal. Et

si tout le monde avait une histoire à raconter, c'est qu'il y avait les mots pour le faire mais ceux-ci étaient devenus pour elle un labyrinthe inextricable. Une infirmière à son service avait bien essayé de lui expliquer la cause de son état, et sans doute cette femme se voulait-elle rassurante avec son jargon médical, mais j'avais pu observer que ses paroles avaient occasionné plus de doutes encore dans la tête de la malade. Ainsi, le monde était devenu un endroit étrange et inaccessible, où il fallait se méfier de la parole d'une soignante. Elle avait perdu son histoire tandis que j'avais retrouvé la mienne, avec les mots pour l'expliquer.

Le secret avait été bien gardé dans le coffre-fort de ma conscience, gardien loyal veillant à ne pas salir l'image familiale. Ma mère était morte et sa mémoire n'avait pas été entachée. Mais j'ai retrouvé la clef du coffre, une nuit où un cauchemar m'a terrassée. Je me suis réveillée en hurlant et j'ai compris que je n'avais pas rêvé. C'était vrai, mon père m'avait agressée et ma mère l'avait laissé faire. J'avais retrouvé le début de mon histoire, la clef de ma conscience. L'amnésie totale avait laissé la place à un cataclysme mais j'avais réussi à tenir jour après jour. Et à présent, je pouvais en parler et même former un récit cohérent.

Alors que je marchais en direction du bus, un saule pleureur m'a presque crié dessus :
« Mais, arrête de te cacher, parle, écris, exprime-toi, raconte ! »
Je lui ai répondu que je le ferais car rien n'est plus limitatif que la perte des mots.

Mardi 30 octobre

Victime d'un monde parallèle effrayant, chers amis lecteurs, j'étais si occupée à améliorer mon karma, que je m'étais complètement oubliée. Mais surtout je m'appliquais à ne penser qu'à ce projet de bienfaitrice, j'y pensais de manière obsessionnelle, afin de chasser toute éventuelle pensée négative. Je devais jouer mon rôle à la perfection, si je voulais m'assurer qu'aucune angoisse ne puisse attirer un autre bienfaiteur, tel le fantôme de ma tante déchue. En effet, y a-t-il plus grande déchéance physique que celle de brûler vive de son propre fait ? Je savais que ma tante s'était immolée. Et l'image d'un squelette noir, calciné, venant à mon secours, m'était insupportable.
Ma rencontre n'avait été que sensorielle et pourtant, je la craignais, spécialement elle, la suppliciée.

Je réalise aujourd'hui que Mme Trèbien était un appel à l'ordre. Croyez-moi, mon ange gardien peut donner libre cours à un humour féroce lorsqu'il n'arrive pas à se faire entendre.
C'est pour cette raison que nous nous étions choisis, pour cette autodérision poussée à son paroxysme. Je comprenais son message implicite, il n'était plus possible de croire que je sauverais mon âme avec autant d'angoisses et dans une si grande solitude. Mes amis étaient absents, comme avant, en fait comme ils l'avaient toujours été. Pourtant, je m'étais appliquée à garder toutes mes expériences ésotériques pour moi, afin de maximiser le peu d'attrait que j'exerçais sur eux ! Mais malgré cela, mon téléphone restait muet. Et les appels passés avaient été faits par moi, pour les prévenir de ma rupture.

Il reste douze jours avant que je réintègre mon appartement. Il ne reste donc plus beaucoup de temps avant que je ferme ce journal intime mais je commence à sentir mon cœur comme un ustensile devenu inutile. Je n'ai plus l'énergie de faire rire et de distraire les autres de leur quotidien. Je ne suis plus drôle et je ne sais pas me faire plaindre.

J'aurais aimé que Mme Trèsbien se souvienne des mots afin que ces amis ne l'abandonnent pas car j'allais moi aussi devoir le faire.

Et puis, j'ai rejeté ma sœur de cœur.

Pourtant, question gentillesse, elle avait jadis battu tout le monde et elle avait été formidable à babiller comme un oiseau, libre et légère, dispensant son humour, sa joie de vivre, son enthousiasme. Fine d'esprit et inventive, elle avait communiqué autour d'elle de la bonne humeur. Elle me ressemblait alors, elle voulait rire et se réjouir. Mais ça, c'était avant ! Mes autres amis ne m'ont pas surprise, j'avais déjà fait les frais de leurs absences. Mais elle, c'était étonnant, ce changement radical en si peu de temps. Hélas, elle avait vendu son âme comme une vulgaire marchandise. Ce sacrifice avait été consenti pour ses animaux. Ah ! La bonne blague qu'elle avait faite à sa conscience !

J'avais changé et le monde qui m'entourait était resté le même, c'était logique. Cependant, je comprenais que je devais renoncer à suivre la même voie, elle n'allait m'apporter que plus de désillusions encore et j'étais fatiguée de courir après des chimères. Continuer ailleurs, mais où ? J'avais perdu mon innocence et je savais que la prochaine étape serait l'aigreur. Il était indispensable que je me projette dans un futur différent du présent dans lequel je me sentais comme une âme en peine face à l'indifférence générale.

Alors, je rêvais de trouver une famille qui me ressemble. Ainsi, nous nous réjouirions d'être ensemble et nous regretterions nos absences et notre attachement surpasserait toutes les autres préoccupations car si un simple animal de compagnie en était capable, je pouvais croire qu'il existait sur cette terre, des personnes aptes à la considération du cœur.

Je trouverai cet ailleurs et je refermerai les pages de ce conte tragique avec tous ces personnages sans âme, je les fuirai pour qu'ils ne brisent pas ma joie de vivre, y compris toi, ma fille armée de ta fausse dignité.
Tu es une reine faite de glace, sans émotions et sans conscience des souffrances que tu m'infliges, rien ne peut remettre en cause ton règne. Ton corps est un bloc de marbre qui me toise, me méprise, m'ignore.
Mes chers lecteurs, ma fille est belle et cruelle, comme sa grand-mère maternelle. De temps en temps, sa bouche en forme de cœur s'ouvre sur des dents blanches et avec un sourire parfait, elle me fait oublier sa duplicité mais lorsque son petit rire discret fuse, je comprends à quel point elle décide de tout, y compris de quand me mettre à l'écart, et sans que je n'ose opposer la moindre résistance, elle n'hésite jamais, comme le chat avec sa proie, elle joue à me faire mal.
Je ne te ressemble pas, ma tante, Marie du gentil mois de mai, je ne vais pas me sacrifier. D'ailleurs, j'ai fini par comprendre que même si tu es un fantôme inesthétique, tu mérites tout de même que je m'explique avec toi car vraiment, on n'agit pas ainsi.
Ma fille de pacotille n'est pas gentille, elle ne mérite pas mon amour.

Mercredi 31 octobre

Entrevoir le commencement de ma nouvelle vie n'est pas à l'ordre du jour. En attendant, je subis mon sort et les deuils à faire sont nombreux et douloureux. Certes, j'ai une revanche à prendre sur mon destin mais on ne choisit pas toujours le moment.
Je ne peux renoncer à l'hébergement chez ma fille et mon ex continue de m'envoyer des mails depuis chez moi. À mon tour, je lui expédie des courriers lui rappelant qu'il doit payer la moitié des frais qui lui incombent, le loyer et les charges ainsi que l'électricité qu'il consomme, mais que croyez-vous que je fasse ? Je le prie de le faire avec diplomatie, alors que je suis très en colère de devoir participer à valeur égale à des frais sans pouvoir bénéficier des commodités afférentes.
Mon quotidien a l'aspect d'un abcès purulent, il doit mûrir avant de disparaître et je dois boire le calice jusqu'à la lie, la limite du supportable, je l'ai déjà atteinte.
Pour me calmer, je pratique la méditation ainsi que la respiration contrôlée plusieurs fois par jour.
Mon chagrin n'est pas une abstraction, même si ma peine devait se mesurer à la valeur réelle des personnes. Il faut sans cesse que je me rappelle ce calcul car j'ai trop longtemps vécu hors de la réalité. Je remercie ma lucidité et je ne regrette pas mes nombreuses prises de conscience même si elles sont douloureuses.
Mon ex ne semble s'intéresser qu'au mobilier et en ce mercredi 31 octobre, il ne désire rien garder. C'est le jour du Grand Seigneur ! Sans doute espère-t-il que je vais enfin me rendre compte de sa bienveillance puisqu'il est persuadé de posséder une âme de chevalier au service de sa dame de cœur ! Il se montre très conciliant, mais sa colère va éclater encore une fois puisque je vais lui répondre sans prendre en compte sa proposition bidon :

« Fais-moi une estimation puisque tu es sur place, dans mon appartement. »
Sous-entendu, tu es chez moi et tu ferais bien d'y penser car les jours qu'il te reste ici sont comptés.
Et sans cesse, il retranche ou ajoute des meubles sur une liste jamais aboutie, on dirait qu'il habite dans un décor en carton-pâte où rien ne peut se calculer ni se mesurer.

Je ne veux plus de ce monde de pacotille, il me dégoûte comme une nourriture malsaine que je suis obligée d'avaler jour après jour.

Encore une dose de poison dans la même journée, il m'a proposé de lui verser une somme forfaitaire car un déménagement est coûteux.
J'enrage de lui avoir laissé mon appartement.

Jeudi 1ᵉʳ novembre

Bien sûr je ne vais pas lui donner le moindre centime.
Ce matin, je suis allée courir, j'étais très énervée et c'est sur une chanson de guimauve, de Dalida, que j'ai appliqué mes foulées. Il m'a semblé que le sol a tremblé, je dirais 4 sur l'échelle de Richter. Ma colère a fini par se calmer. De petites turbulences, rien de préoccupant ! Il reste peu de jours avant que je sois définitivement débarrassée du prince charmant.
J'ai donc écouté cet air insouciant, tout en sachant que la chanteuse avait sans doute cru elle aussi à son conte de fées, avant d'en mourir.
Dans l'après-midi, j'ai rejoint Dalida sans ses paillettes, Iolanda et sa triste vérité. La souffrance n'a rien à faire des rendez-vous, elle se pointe le plus souvent à l'improviste.
Mais quelle était cette énième rencontre ? Je ne l'attendais pas, une fois de plus, une fois de trop ! Et celle-ci avait comme les précédentes surgi par surprise, des profondeurs de mon inconscient. Mon esprit est un traître qui me somme de me dépêcher sous peine de me noyer dans le chagrin. Comprendre en étant obligée de le faire dans l'urgence est un défi qui m'énerve. Ne peut-on pas me laisser plus de temps ? Un cataclysme se prépare, je le sens gronder comme un volcan souterrain prêt à entrer en éruption, prêt à surgir à la surface d'un instant à l'autre. Alors, il ne me sera plus possible de réfléchir correctement à la signification de ce désastre et je pense à elle, seule et livrée à ses tourments, comme moi. Ce geste fatal était sans doute un apaisement.
Habituée à ne compter que sur moi-même malgré ma prédisposition à jouer la comédie du bonheur devant un public, j'ai une fois de plus réussi cet exploit de me sauver en quelques secondes du désespoir avant qu'il me fracture tout entière comme un

chaos m'entraînant dans le sillage noir de sa lave brûlante. J'ai compris que ce magma était la somme de toute mon impuissance, celle de toute ma vie, depuis l'enfance jusqu'à ce jour.
J'avais échoué à ce que les choses se passent bien et cette impossibilité à réussir ce que j'avais entrepris était le symbole de mon échec absolu. Autant d'énergie déployée en pure perte était à l'échelle de l'apocalypse.
Et j'avais mis le paquet, toute la boîte d'allumettes.

Depuis que je l'avais rencontrée, cette petite fille qui rêvait d'un foyer chaleureux et accueillant, je ne l'avais plus oubliée et dans la minuscule flamme de l'espoir, l'espace d'un court instant, elle avait rêvé d'une richesse inaccessible, appelée trop rapidement à s'envoler. Le froid n'existait plus, ses mains gelées, tenant une faible allumette, voulaient que cette réalité existe enfin ! Et juste devant ses yeux, émerveillés comme quand elle se trouvait devant le poste de télévision, une famille réunie, un intérieur en paix, et derrière les fenêtres, ce monde inconnu.
Franchir la porte de cet immeuble et les rejoindre, se mettre au chaud, en sécurité loin de cet hiver interminable, de cette neige qui n'en finit plus de trembler comme sur un sol instable prêt à l'engloutir, tout comme moi.
Tandis que je me sens tomber jour après jour, je la vois encore, s'élancer dans le ciel agrippée à la main de sa grand-mère. Elle sourit, elle n'a plus froid dans cet ailleurs où des défunts viennent afin de nous consoler.

Hélas, rien ne m'a réchauffée et souvent je sens mes os frissonner comme un squelette sans chair. Je ne possède pas son triomphe post mortem, j'ai refusé ce genre d'aide !
Mais alors, qui va se pencher sur moi, me prendre dans ses bras et me serrer chaleureusement sinon un être vivant, une per-

sonne de chair et de sang ? Qui peut croire qu'un fantôme peut redonner goût à la vie !
Je retrouverai ce foyer chaleureux où l'hiver n'est qu'une saison passagère, parmi mes semblables et sans l'aide d'un être désincarné, je veux pouvoir sentir la chaleur d'un corps bien vivant.

Le désespoir s'est dissipé et j'ai eu l'impression que cette petite fille qui n'avait pas été entendue s'était enfin sentie comprise. Elle devait me faire confiance alors qu'elle se méfiait de tous les adultes.

Vendredi 2 novembre

Désormais, je parlais plus souvent à cette autre partie de moi-même. Bien sûr, je devais adapter mon langage, elle n'avait que deux ans et demi. Le temps s'était fracturé sans que jamais on puisse le réparer. J'avais deux vies, deux consciences, il fallait que je prenne en compte cette enfant avec qui je partageais le même corps. Je lui ai donc expliqué que nous n'avions pas à obéir à nos parents et que l'autorité était une question de respect. Autrement, il était juste de désobéir.
Et se taire n'était plus possible, il fallait dénoncer toutes les formes d'abus.
Pour lui faire plaisir, je conjuguais le verbe désobéir à l'impératif, avec un ton autoritaire. Désobéis ! Désobéissons ! Désobéissez !
Elle a participé avec moi à ce qui avait l'allure d'un jeu mais qui n'en était pas un, je la sentais prendre de l'assurance mais surtout, je désirais qu'elle oublie la peur pour ne penser, comme une enfant de son âge, qu'à jouer en toute insouciance.
Je ne voulais plus qu'elle me transmette sa peur car sans cesse, je devais la rassurer, lui expliquer qu'à présent, nous possédions un corps adulte et que je pouvais me défendre, que je savais utiliser un téléphone et que celui-ci permettait d'appeler la police. Que mon père, comme ma mère, méritait d'être jugé et qu'ils auraient dû tous deux finir en prison. Hélas, les mots ne suffisaient pas à la rassurer et seule la colère dissipait sa peur. Je devais lui trouver un foyer digne de ce nom afin que nous puissions toutes les deux nous sentir appartenir à un monde bienveillant.

En attendant de réaliser ce projet, il faut que je me trouve une autre niche pour le week-end car la chambre sous les combles va être occupée par un couple en visite chez ma fille et mon gendre.

Imaginez qu'on me laisse la priorité, car je suis tout de même un membre de la famille en difficulté. Enfin, cela est un détail pour mes hébergeurs, qui m'ont expliqué qu'ils avaient un grand projet à mener. Certes, ils ont un certain sens du devoir, puisqu'il s'agit là de recevoir des amis, venant de loin, de Paris, ce qui apparemment a son importance. En plus, ces visiteurs ne connaissent pas la Suisse, donc ils tiennent à visiter tous ensemble Genève. Je suis de trop, je ne fais pas partie du plan touristique, je vais devoir me trimballer ailleurs avec ma valise.

Je comprends, je ne corresponds pas à la grandeur éclatante de ces deux villes, l'une est une capitale et l'autre abrite de nombreuses organisations internationales.

Samedi 3 novembre

Je suis chez mon amie portugaise, je tiens à souligner sa nationalité car son hospitalité est aussi rayonnante que le soleil de son pays. Elle m'a offert son lit et a dormi sur un matelas au sol. J'étais gênée mais il m'a été impossible de négocier, un non catégorique et passionné m'a répondu, il m'a réchauffé le cœur. Hier, mon seul souhait a été de profiter pleinement de ce confort retrouvé. Je me suis sentie presque chez moi, et en tout cas, accueillie comme un membre de la famille.
Enfin ! J'allais égaler la Belle au bois dormant sans qu'aucun prince charmant vienne me réveiller. Quel idiot ! N'avait-il pas pensé que le néant est la quintessence de l'oubli ? Le paradis n'est-il pas la perte complète de toute réalité ?
Chers lecteurs, visualisez-la, cette belle endormie avant qu'un abruti ne décide de rompre son inconscience. Il l'a réveillée et donc, l'histoire ne s'arrête pas et les souvenirs ne s'effaceront jamais.
Mais alors, faut-il composer avec ce baiser donné du bout des lèvres comme le regard de ma fille cherchant mon accord sans aucune gêne ? Faut-il que je la remercie pour la fausse reconnaissance qu'elle m'a accordée en cillant des yeux lorsque je lui ai répondu : « Il n'y a pas de problème, je comprends » ? J'ai vu alors son air satisfait : la question avait été vite réglée, et déjà son esprit se détournait de ma présence pour ne plus penser qu'à son week-end.
Je veux pouvoir dormir sans trêve et sans rêve.
Hélas ! Sur la table de chevet se trouve le portrait d'un défunt, le père adoré de mon amie et il me regarde, il n'a pas l'allure d'un jeune éphèbe à la recherche de sa dulcinée. Mais son regard me transperce et m'empêche de penser à autre chose. Je sens que je ne vais pas pouvoir dormir, il va falloir que je le déplace

dans une autre chambre. C'est un problème car à présent, je crains les manifestations des disparus. Je vais passer pour une excentrique si je dis la vérité à mon amie. Mais par quel mensonge expliquer que je ne veux pas dormir à côté de ce qui n'est qu'un portrait familial ?

Il est toujours très ennuyeux de devoir justifier le fait d'être une sorte de médium malgré soi.

J'évite de le regarder car je sens déjà une légère envie de communiquer avec moi alors que j'ai pris soin de l'éviter. Je vous rappelle mes chers lecteurs que je suis comme Obélix qui est tombé dans la marmite de la potion magique. Grâce à cette chute, il a obtenu de grands avantages, ce qui n'est en l'occurrence pas mon cas, bien au contraire. Et peu m'importe que certains hommes soient d'illustres trépassés, je ne souhaite pas m'intéresser à eux. Et je vous confirme que les défunts souffrent tous, pour la plupart, d'une véritable manie, celle de vouloir commettre une effraction dans mon esprit afin de me faire part de leurs émotions et si possible, entamer un dialogue avec moi.

Je me méfie des brocantes, des marchés aux puces car on trouve dans ces endroits beaucoup de photos en noir et blanc et même en sépia ils semblent ne jamais renoncer malgré la distance du temps qui nous sépare.

Mais quel soulagement de ne pas avoir à me soucier de toutes ces entités inconnues, et ne me parlez pas d'apporter mon aide ou même de rendre ne serait-ce qu'un seul service à ces fantômes intrusifs !

Par la force des évènements, j'ai compris que l'âme était éternelle et qu'une partie de celle-ci était encore à l'œuvre après la vie. Et je suis fâchée de l'avoir constaté car mon conte de fées devait se finir avec un sommeil de glace dans les neiges éternelles sans prince charmant pour me réveiller, car je veux absolument dormir, au moins dans cette vie.

Heureusement, mon amie ne m'a pas posé de question. Elle a raison, il est préférable de ne pas savoir, elle a pris le portrait encadré et l'a posé à côté de son lit.

J'ai eu du mal à m'endormir car la journée avait été chargée en émotions mais ensuite mon sommeil n'a été troublé par aucun rêve qui oblige à s'en souvenir.

Ce matin, alors que je me sentais en pleine forme, j'ai vu mon amie très perturbée. Elle avait passé une nuit difficile, elle m'a expliqué qu'elle avait senti des choses étranges et apparemment si désagréables qu'elle a refusé de m'expliquer quoi que ce soit. Je n'ai pas insisté. Mais ensuite, certainement pour se rassurer, elle m'a dit que c'était surtout la faute de ses trois chats. J'ai commenté, en usant de mon humour particulier :
« Sans doute, oui, mais ajoutes-y une petite visite paternelle. »
Mes mots ne l'ont pas fait rire. Mais à mon tour, j'ai retrouvé mon sérieux lorsqu'elle m'a dit m'avoir croisée en pleine nuit dans le couloir. J'étais stupéfaite car je n'avais aucun souvenir de cette rencontre nocturne. Depuis des semaines, je m'entraînais à marcher sur la pointe des pieds chez ma fille car le parquet craquait sous chaque pas, j'avais donc pris l'habitude de faire très attention aux bruits que je pouvais faire la nuit. Je lui aurais même parlé, alors que je ne gardais dans ma mémoire la moindre trace des mots prononcés.
Mais peu m'importait de comprendre ce qui s'était passé, j'avais réussi ma nuit.
Comment vous expliquer la souffrance d'être dans l'incapacité de dormir, sinon en vous disant que j'aurais aimé être la Belle au bois dormant, être capable de m'allonger et me laisser emporter par l'appel du sommeil, cette douce musique qui ferme les paupières sur des rêves de prince charmant, sans que le néant

possède la couleur rouge de cette ampoule qui s'allumait au plafond et signifiait le réveil de la bête ?

Hélas, le coucher est ma torture. Durant des années, tous les soirs, mon cœur s'est emballé et tandis que mon corps se réchauffait, mes jambes tremblaient et mon esprit paniquait.

Je prends de l'assurance et mon ange gardien est de plus en plus efficace.

Dimanche 4 novembre

Aujourd'hui dimanche, je vais aller rendre visite à Mme Trèsbien (j'ai de la peine à l'écrire) à l'hôpital.
Les contes de fées n'existent pas, les miracles non plus.
Il est nécessaire que je me protège de mes projections infantiles, mes rêves m'ont sauvée et c'était tout ce que je possédais, un esprit pour m'évader. Mon corps a été un objet sexuel, mes pensées et mes émotions n'avaient pas le droit de cité et jusqu'au moindre de mes habits, ils m'ont entièrement dépouillée.
Dès que j'ai atteint la taille 36, ma mère est devenue cleptomane, elle a volé mes vêtements. J'étais fine, adolescente, elle ne l'était pas. Tous mes habits disparaissaient dans son armoire fermée à clef. Mon premier salaire et tous les suivants, elle les a subtilisés d'une manière ou d'une autre. De simples objets m'appartenant se volatilisaient. Il ne me restait que la naïveté comme rempart, alors j'avais gardé mes rêves secrets car elle me les aurait également volés.
Mais, à présent, je partageais mes ambitions avec de plus grands esprits, je savais qu'ils m'entendaient et j'étais sûre de les rejoindre mais en attendant l'ascension céleste, je devais encore agir de la meilleure façon possible.
Ce dimanche en début d'après-midi, j'étais à l'heure à mon rendez-vous à l'hôpital. Vous vous demandez sans doute si madame Trèsbien va bien ? Et je ne peux que vous répondre oui et non…
En fait, je ne sais pas car elle n'a pas retrouvé l'usage de la parole mais je ne l'aurais jamais imaginée telle que je l'ai vue. Elle ne tenait pas en place, elle débordait d'énergie et ne pensait qu'à se balader dans les couloirs des différents étages, en prenant à chaque fois les escaliers, qu'elle dévalait comme une jeune fille.
Elle était radieuse et souriante et je ne comprenais pas !
Certes, le miracle n'avait pas eu lieu mais elle était la plus vail-

lante des patientes de tout l'hôpital, elle commençait même à m'épuiser, lorsque je lui ai proposé d'aller boire un verre à la cafétaria. Des connaissances à elle l'ont rejointe, et ces quatre femmes lui ont demandé quelle sorte de drogue elle avait prise. Et toutes, nous nous sommes mises à rire.
Elle a insufflé son énergie à plusieurs personnes et tout l'étage a semblé se métamorphoser, elle a fait de l'hôpital un dimanche morose un espace joyeux où tous s'interpellaient. Madame Très-bien faisait sa tournée, saluant chaque personne à grand renfort de gestes et de mots vagues, incompris de tous. Elle portait si bien son nom de famille que j'ai compris qu'il lui était destiné. Et je suis repartie avec en tête la joie de savoir que je n'avais pas été témoin d'une vilaine farce absurde.

Lundi 5 novembre

Je suis triste, je pense à ma sœur de cœur, mais j'aurais été plus accablée d'assister à la mort d'une étoile surtout si celle-ci avait été une supernova. J'ai préféré garder mon énergie pour faire briller la mienne, ma petite flamme, celle qui sait si bien allumer mon âme, elle est fragile en ce monde mais j'en prends soin.
Évidemment, je n'ai pas nourri la bête en devenant une employée modèle. Je suis triste aussi de savoir que dans un avenir proche, cette bête ne fera qu'une bouchée de mon ancienne amie. Il ne sert à rien de s'associer à cette « entreprise » en pensant que la dévotion mènera à la réussite. Pourtant, c'est ce qu'elle croit, comme bien d'autres employés, et ce système perdurera car ils ne sont que des objets de consommation, qu'on utilise jusqu'à l'usure. Un autre être humain la remplacera et ils se débarrasseront d'elle.

Aujourd'hui, je suis allée courir en pensant à la liberté qu'elle ne possède plus et dans chacune de mes foulées, je me suis appliquée à me sentir légère. J'ai essayé ce faisant de recracher le poison de la bête, cette nourriture toxique que j'ai ingurgitée des années durant. J'aurais aimé la vomir car il restait une part d'elle dans mon corps, je l'ai senti en pensant à l'existence actuelle de mon ancienne amie et elle était lourde comme du plomb sous mes baskets.
J'ai couru plus vite sans doute pour échapper à cette emprise mais les sensations physiques de dégoût ne m'ont pas quittée. J'éprouvais encore une aversion totale pour ce monde du travail et l'écho de mon vécu à travers cette amie qui m'avait trahie surgissait malgré mon envie de m'en échapper. Les souvenirs étaient tenaces.

J'ai ingurgité quotidiennement des heures durant un poison invisible, un produit hautement toxique qui a laminé mon esprit jusqu'à anéantir toute ma volonté. Comme un véritable sacerdoce, il fallait que je donne mon âme au nom d'un profit sans limite.

Je vendais à une clientèle chic de beaux habits onéreux, qui en réalité étaient laids. Ils étaient fabriqués par d'autres esclaves en bout de chaîne dans de très lointains pays. Souvent, lorsque les cartons étaient livrés, je pensais à eux, qui avaient touché cette même marchandise. Se doutaient-ils que nous n'étions pas tous égoïstes et que ce n'était pas un simple geste mécanique de ma part que de déballer ce qu'ils avaient dû emballer comme des robots à la chaîne ? J'aurais souhaité leur dire que je regrettais d'être la complice d'un système qui consumait des hommes et des femmes et qui détruisait notre environnement à tous. J'aurais aimé savoir comment se déroulaient leurs existences et je pensais qu'ils étaient encore plus à plaindre que moi. Ils existaient quelque part mais je ne savais pas où car sur chaque étiquette était inscrit « Fabriqué en France ». Encore des mensonges sur des vêtements en trop grand nombre pour que nous puissions les vendre tous.

Parfois, la colère me prenait, l'idée me venait de brûler un habit et ainsi, tous les autres, serrés dans la réserve, seraient facilement partis en fumée. Mais ce fut moi, qui fus brûlée de l'intérieur, ma conscience ne pouvait supporter de participer à ce qu'il faut bien nommer la destruction de notre planète.

Sans doute avais-je trop réfléchi aux conséquences de mes actes, et je ne me sentais pas innocente. La peur de finir sans revenu m'a conduite à risquer ma santé mentale et juste avant de chuter, j'ai senti que je perdais pied comme un avion à haute altitude sans plus aucune commande pour le diriger.

Je suis donc tombée.

Je n'avais pas été performante et dynamique, mon attitude n'avait pas été assez positive car je n'avais pas cru à leur fable. On ne mènerait pas mieux des ânes à l'abattoir !
J'étais triste, ils avaient gagné, ce système avait bouffé mon amie et ma dame de cœur s'était transformée en dame de pique. Elle piquait comme une petite lame bien aiguisée et qui ne sait plus que blesser sans aucun état d'âme.

Mais sous l'effet des différentes hormones lors de mon effort physique, j'ai soudain pris conscience que cette confrontation avec la bête ressemblait à une guerre où l'on était enrôlés de force, une guerre qui ne portait pas de nom et, nécessairement, il y avait des pertes.
Elle avait perdu son âme, mais après un long travail sur elle-même, peut-être se souviendrait-elle qu'elle avait possédé une très grande richesse. Son avenir était incertain. Resterait-elle définitivement cette femme sans intériorité ?
Le ciel, encore une fois, a entendu ma question. Il m'a fait comprendre que le combat se jouait en fait à un autre niveau et qu'il existait d'autres réalités. Je devais me souvenir que je possédais certaines connaissances issues d'expériences antérieures. Certes, une combattante de la lumière avait perdu son aura, qui ne brillait plus, mais d'autres avaient retrouvé la leur, et pas des moindres, puisqu'ils avaient été extraits des ténèbres. Je les avais sollicités afin que la bête sache que j'étais prête comme d'autres à prendre certaines libertés avec ceux qu'elles détenaient injustement. Et puisque j'avais été jetée dans les mêmes abîmes que ces malheureux, je détenais en moi la clef, il suffisait de la partager et que s'ouvre cette porte cadenassée par de multiples émotions funestes. Nous étions prêts, moi et mon double enfantin, à titiller la bête dans sa tanière, il s'agissait d'un dragon avec de multiples têtes bien plus nombreuses que dans le conte des deux

frères mais je savais que je n'en couperais pas une seule. Cependant, je lui ai pris ce qu'elle estimait précieux, une belle âme glacée dans son trépas par la stupeur de l'effroi.

Ta bouche était cousue et je l'ai ouverte sur l'horreur, elle a fait écho à la mienne et a failli m'emporter, mais j'ai su résister car tu étais ma petite mère, celle qui m'a recueillie à deux ans et demi.
Je devais te sauver des ténèbres comme tu l'avais fait pour moi, lorsque, poupée de chiffon, tu m'as reçue en toi ; je t'avais quittée brusquement mais quelque part, tu avais laissé une trace de notre rencontre et sans le savoir, je t'avais reconnue, parmi toutes les photos de mes aïeuls inconnus. Je t'avais alors choisie et ta photo encadrait le mur de ma chambre à côté d'une carte postale ; un artiste avait photographié une ampoule nue allumée diffusant une lumière agressive sur un plafond rouge vif et c'est cette photo que j'avais achetée parmi d'autres, alors que le sujet était des plus quelconques, mais en plus, je l'avais encadrée et accrochée au mur de mon appartement.
J'avais tout oublié et pourtant, j'avais choisi de décorer ma chambre avec certains éléments de ce passé comme les pièces d'un puzzle qu'il fallait rassembler.
J'avais quitté tes bras réconfortants d'outre-tombe, happée par la force d'amour que je ressentais pour ma mère, et quand je suis revenue parmi les vivants, elle m'a laissée chez ma grand-mère pour aller rejoindre son mari. Alors, je t'ai perdue, Christina, et tu es restée longtemps une inconnue.
Mais lorsque j'ai compris qu'en vérité, tu m'avais protégée, j'ai souhaité te remercier en te délivrant de ton terrible secret. L'Espagnole avait bien enterré la laideur de sa famille mais tu as ressuscité dans mon souvenir et j'ai compris que tu fus « ma petite mère ».

C'est à seize ans que tu t'es pendue dans une cave pour ne jamais dévoiler que des hommes habillés de noirs avaient abusé de toi. Les mêmes qui avaient décidé de ton enterrement honteux. J'ai pris la seule photo de toi que je possédais et je l'ai mise dans une boîte avec des fleurs ; j'ai agi avec dévotion et amour, pour toi qu'ils avaient salie jusque dans ta mort.
Je t'aime Christina, j'ai choisi une robe blanche et légère au lieu de cet habit noir et austère, j'ai détaché tes cheveux, ils étaient libres et à cet instant, une mouette rieuse a surgi au-dessus de ma tête, j'ai senti son énergie lorsque son cri m'a traversée de part en part et dans un sursaut, je t'ai proposé de la rejoindre dans son vol afin que cesse ton propre cri, celui de l'enfer. Ton esprit l'a capté et tu t'en es allée dans le ciel portugais.

Ce ne fut pas un été comme les autres ; j'ai vécu dédoublée, avec une partie de moi dans ce monde et l'autre en contact avec une réalité terrifiante.
Mes chers lecteurs, croyez-moi, depuis, je déteste partir en vacances. Mais victime d'une grande culpabilité, j'ai cru de mon devoir de poursuivre dans cette voie. Et si certains étaient morts stupéfaits d'horreur, et restaient de ce fait, pour l'éternité, des victimes muettes, la plupart étaient emplis de colère.
J'ai donc continué dans ce que je pensais être ma mission sur cette terre. Et si quelques-uns ont été convaincus par mes arguments, comme ces clientes que je convainquais dans mon ancien métier de vendeuse, la plupart s'en moquaient ou prenaient un certain plaisir à m'effrayer. Pourtant, en bonne vendeuse que j'étais, j'essayais de les persuader et après leur avoir démontré les avantages à s'élever au-delà de toute revendication, ils semblaient prêts mais alors, je me retrouvais épuisée. C'était pareil lorsqu'il fallait travailler au corps à corps une cliente pour que ses croyances changent : non, elle n'était pas laide et grosse mais

bien proportionnée et elle avait du charme, elle l'ignorait, voilà tout. Je m'étais si appliquée à l'en persuader que je finissais par y croire moi-même. Bien sûr, j'avais agi par peur, par crainte de devoir percevoir des jours durant leurs détestables présences. Cependant, je n'arrivais pas à les abandonner dans ce lieu maudit, ce réceptacle de la déchéance humaine que le vocabulaire ésotérique nomme le bas-astral.

C'étaient, je vous le dis, chers lecteurs, des rencontres éprouvantes mais qui heureusement ne me concernent plus. Je désire à présent m'adresser aux vivants, à vous mes chers lecteurs. J'ai plongé dans ces profondeurs pour mieux en témoigner. Nous devions tous nous préoccuper de notre âme. Le plan cosmique était plus grand que ma personne et il était fantastiquement réel.

Mardi 6 novembre

Encore à peine une semaine, et aujourd'hui est un grand jour. Je n'aurai pas besoin de faire preuve d'un flegme à toute épreuve face au refus de mon ex de quitter mon domicile sous prétexte qu'il est au plus mal : j'ai reçu un mail de sa part, il a trouvé un appartement.
Finalement, la petite voix avait presque raison, le laps de temps que je lui avais accordé aura été dépassé d'une semaine seulement.
Il est resté le même tandis que j'ai radicalement changé, il a continué ses tractations. Il a trouvé dans la machine à laver sa dernière carte à jouer : il ne me la laissera que contre la moitié de sa valeur.
Durant cinq jours, il aura tout loisir de se venger en déménageant ce que sa rage lui aura dicté.
Je vais de nouveau nourrir sa colère en refusant son offre et je peux déjà l'imaginer devant l'objet qui lui sert d'énième prétexte pour justifier son irritation constante. Cette vieille machine à laver symbolise sa dignité perdue par ma faute, je l'ai quitté sous prétexte qu'il était insupportable. C'était si inique de ma part qu'il devait me faire comprendre, par des arguments pécuniaires, qu'il était juste et qu'il fallait que je prenne enfin mes responsabilités, que je grandisse et que je devienne une adulte, en me préoccupant de l'aspect matériel des choses.
Toujours les mêmes projections négatives sans que jamais il ne se remette en question. C'était la nourriture de son esprit.
Depuis combien d'années était-il ainsi ? Nul ne pouvait le savoir, tant il avait toujours su donner en public l'image d'un homme lisse et calme.
Cependant, il prenait un ton enthousiaste en me parlant de ses recherches fructueuses. J'ai senti qu'il souhaitait encore, comme

lorsque nous habitions ensemble, que je le gratifie de félicitations. Je ne vais pas le faire et il ne recevra pas un centime de ma part ! Je jubile d'avance en pensant que la rage de se sentir comme le laissé-pour-compte ne le quittera pas. Et à la simple vue de cet appareil électroménager, il va fulminer car il représentera toute l'humiliation subie par ma faute. Lui, l'artiste doux et rêveur, l'homme aux manières délicates, le compagnon attentionné, innocent de toute faute, ne peut comprendre la folie qui m'a saisie lorsqu'un beau jour, j'ai fui au petit matin, sans la moindre explication.

Mais à présent, je me réjouis d'être la coupable. Quelle peut être en effet la plus grande vengeance que celle de savoir que cet état définit sa personnalité et que la colère l'habite si fortement, qu'elle le tient comme un esclave voué à subir l'éternel châtiment de n'être jamais en paix avec le monde ?

Sachez en effet que très souvent, cet homme, placide à l'extérieur, se vexait en fait à la moindre remarque. Dénué de tout humour concernant sa personne et sans répartie suffisante pour restaurer son amour propre blessé, il perdait pied face à la moindre remarque, et l'auteur de celle-ci devenait dès lors à vie un persécuteur. Ainsi, il emmagasinait des stocks de ressentiments et gardait en tête ses humiliations subies depuis l'école primaire. Toutes ces vexations s'accumulaient et sa mémoire n'en oubliait pas une seule. Je les connaissais toutes moi-même, ces phrases qu'il avait entendues, tout comme, souvent, je connaissais le nom des responsables, que je n'avais jamais rencontrés.

Je sais que désormais je fais partie de la liste, qu'il s'est confié en secret à des personnes hors de mon entourage, à qui il a eu tout loisir de me dépeindre en femme dominatrice. Ces gens l'ont écouté, ont loué son courage, et la ténacité dont il avait fait preuve dans son couple afin de calmer les choses.

Je l'ai sans doute vexé, mais j'ignore en quoi, comme ces autres

personnes qui menaient leurs vies sans penser qu'une plaisanterie ou une remarque anodine de leur part ait pu perdurer indéfiniment dans son esprit. J'ai compris son mécanisme d'éternelle victime et la rage qui accompagne son délire de persécution.
C'est jouissif, de l'imaginer dans cet état d'aliénation, car il se charge ainsi lui-même de me venger, c'est plus jouissif encore de savoir que cette énergie prend sa source là où tous avaient échu, dans cette Nef des fous, et ils étaient nombreux, trop nombreux, à rechercher désespérément les mêmes sensations dans le monde des vivants. Et pour ne faire qu'un, il suffisait à ces follets de l'Enfer de rôder autour d'esprits identiques aux leurs. Ils se logeaient facilement dans les plus sombres penchants humains. Avec son âme perfide et revancharde, il était un candidat idéal.

Je ne fais plus partie des narcotiques anonymes, mais je peux remercier le fait d'y avoir participé durant de nombreuses années, non pour en avoir côtoyé les nombreux membres mais parce que j'y ai découvert le mot « spiritualité ».
Ma véritable aventure a en effet commencé le jour où j'ai agi avec la conviction que je m'adressais à une conscience supérieure à la mienne. Bien qu'à présent, je comprenne mon acharnement à sauver de malheureux drogués de leurs addictions, j'ai su me délivrer de la mienne afin de montrer le bon exemple, en empruntant le fameux chemin des âmes au service du bien, comme dans mes livres pour enfants.
Quelles étaient les trois valeurs essentielles de cet organisme ? L'honnêteté, l'ouverture d'esprit et la bonne volonté, ces mêmes valeurs que défendaient les protagonistes de mes contes.
J'ai bataillé dur pour tenter de convaincre les drogués de quitter le monde des forces du mal, et je peux vous dire qu'ils ont été nombreux à résister à la voie de la raison. J'ai pourtant conti-

nué, inlassablement, même si je fatiguais à force de répéter les mêmes suggestions aux membres réticents à une existence sans drogue et sans le moindre verre d'alcool. Il en fallait de l'énergie pour leur faire comprendre qu'une vie aux accents monacaux valait mieux qu'un seul jour avec leur ancien vice.

J'entendais aux réunions et je lisais, sur des flyers et dans des ouvrages, les mots suivants : famille, marraine, parrain, sœur, frère... J'avais une famille, et le fait de le savoir m'a donné un élan incroyable. Je n'étais plus seule. Avec toute la passion de mon cœur, je donnais donc aux participants les meilleurs prêches possibles. Cependant, ils ont été plus nombreux à chuter qu'à se rétablir au cours du programme d'abstinence complète, mais heureusement, les salles ne désemplissaient pas. Et je recommençais sans fin à rendre ce que l'on m'avait donné comme il était dit de le faire. La culpabilité avait toujours fait partie de mes faiblesses.

Mais si certains appréciaient mes oraisons, d'autres montraient de plus immédiates envies. Eux n'étaient pas des anges dans cette famille recomposée. Ils étaient adeptes du libre-échange corporel. Les accolades que l'on nomme « hugs » finissaient en massages appuyés accompagnés de mots crus sans aucune ambiguïté ; j'étais bonne et j'étais chaude, ils avaient juste éludé les verbes « baiser » ou « sauter ».

Ce n'était plus le parfait conte de fées mais dans notre église, nous acceptions toutes les brebis égarées même les galeuses, les enragées, les scabreuses, les menteuses et tout le monde riait comme s'il s'agissait d'une banale manifestation de la maladie qui nous réunissait tous et faisait de nous des êtres sans jugement, car s'éloigner de la pensée commune était un risque.

Il était d'usage de dire chez les N.A. que nous étions un groupe dont le bien commun dépendait de tous. En réalité, c'est la loi du plus fort qui régnait. Personne n'a osé affronter la grosse bête éprise de culturisme et de sexe à outrance. Je n'étais pas de taille à la combattre. Elle est devenue mon problème, pas le leur. Dans ces salles où l'on prônait l'amour de son prochain, je suis devenue un objet de haine pour cet homme à qui j'avais osé demander de ne plus me faire de hug. J'ai fini par fuir. Cette fois, je pouvais le faire, je n'avais plus deux ans et demi. Après mon départ, ils ont continué comme avant. Rien ne pouvait entacher cette société d'apparences.

Le hibou grand-duc m'a envoyé un premier mail à 2 heures du matin et un second une heure plus tard. Maintenant qu'il a trouvé un autre domicile, il ne prend plus la peine de me faire croire qu'il ne vit plus la nuit, les précédents envois me parvenaient tous à des heures diurnes.
L'appartement où il va s'installer avait été occupé par une femme toxicomane, morte chez elle. Il m'a écrit avec un grand sens de la compassion, comme un bon membre des Narcotiques Anonymes, qu'il était malheureux qu'elle n'ait pas connu les salles. J'aurais aimé lui répondre par ce slogan prônant l'abstinence complète :
« La maladie ne prend pas de vacances. »
Évidemment, je ne l'ai pas fait, il n'aurait pas compris que ces paroles le concernaient directement.

Mercredi 7 novembre

Vous, nombreux membres anonymes composant ma famille, étiez suffisamment « parlants » pour que je puisse penser que notre relation durerait toute une vie même si je ne connaissais, pour ainsi dire, que vos prénoms. Malheureusement, je vous ai vous aussi perdus ou alors vous n'avez existé que le temps d'un mensonge et l'on finit toujours par découvrir la vérité.
Chaque semaine, entourée de dizaines de gens clamant leur appartenance à ce grand mouvement de solidarité, je faisais enfin partie d'un tout et je me croyais en sécurité. Je goûtais à la félicité d'avoir vaincu avec vous nos mauvaises habitudes. Rien alors ne pouvait laisser présager que je me retrouverais isolée et démunie.
Nous étions tous alignés sur des textes, une grande littérature avec de nombreux livres et flyers, et, forcément, j'ai fini dans la marge, hors des préceptes appris car je n'étais pas ouverte au sujet de la prédation.
Dans cette bergerie, ils étaient quelques-uns à profiter de l'aubaine, à manifester librement et en toute impunité leur goût prononcé pour la chair fraîche. Je faisais exception. D'habitude, les nouvelles et jeunes recrues avaient leurs préférences. On appelait cela la treizième étape. Certaines étaient d'ailleurs tout à fait disposées au rapprochement et de nombreux couples se sont formés, qui, souvent, ne duraient pas. Il y avait un grand mélange de genres, différentes classes sociales et toutes les générations se rencontraient. En principe, on était sages et spirituels durant les réunions, sauf incident, mais en dehors, c'était la grande bacchanale.
Pour se sentir intégré dans le groupe, il fallait savoir jongler, savoir passer d'une pratique sérieuse à la joute orale débridée entre ados.

On était sérieux pour vanter les bienfaits du programme en douze étapes et c'étaient toujours les mêmes qui avaient le premier rôle avec toujours les mêmes partages et les mêmes blagues.
Je m'étais lassée de ces jeux puérils, qui ne servaient à rien sauf à se prouver qu'on était capable de réparties cinglantes, et les auteurs de ces répliques ne m'appréciaient guère. Je leur volais sans doute la vedette et je n'étais pas prête à séduire le tout-venant. Je l'avoue, j'ai usé de blagues graveleuses, je me suis hissée au même niveau qu'eux, en bonne adepte du libre-échange verbal, mais alors je ne savais pas encore que quelques blagues potaches suffisaient à se faire considérer comme une personne sexuellement débridée. C'était logique pourtant, nous partagions notre rétablissement et je m'étais affranchie en plaisantant, je faisais donc partie de ce tout, qui voulait que les esprits s'assemblent dans les salles et les corps au dehors.
Certes, je caricature mais à peine…
Certains postulaient dans le groupe comme trésorier, secrétaire, etc., mais d'autres avaient de plus grandes ambitions. Parmi toute cette population en quête de rédemption, ces derniers faisaient figure de héros. Ils n'étaient pas humbles pourtant, mais ils étaient assez malins pour savoir comment s'attirer le plus grand nombre de dévots en usant de toutes les ficelles, qu'elles soient spirituelles ou matérielles. Avoir partagé dans un passé déchu son vice avec une star du rock ou un illustre personnage dont le nom était révélé était attractif et plaçait son auteur sur le devant de la scène. Plus ces personnes attiraient d'adeptes ou de filleuls, plus leur ego se gonflait. Le nombre ne leur faisait pas peur, au contraire, il légitimait ce qu'ils croyaient être leur mission : venir en aide au plus grand nombre. Se croyant nobles d'esprit, ils étaient bouffis d'orgueil et pensaient se situer au firmament de la spiritualité, comme s'il avait existé une échelle

à gravir, et plus ils montaient de marches, plus ils prenaient de place et d'assurance, personne n'osait mettre en doute la sincérité de leurs propos. C'étaient des pros de la communication, sûrs de leurs compétences en la matière, jugeant le monde extérieur avec dédain, ce monde matérialiste qu'ils opposaient à notre style de vie à nous, les Narcotiques Anonymes. Ils citaient de nombreux faits comme preuves évidentes de leurs dires et devenaient des gourous imbus de leur pouvoir.

Certains profitaient de leur statut. L'un d'eux était un millionnaire qui payait le restaurant et invitait ses courtisans dans son chalet à Gstaad. Je tiens à dire que je déteste les stations de ski huppées et qu'apprécier un menu offert dans un restaurant par un nabab avec une clique de dévoués profiteurs ou admirateurs est au-dessus de mes forces.

Certes, je n'étais pas à la hauteur du personnage car mes expériences en tant que coach avaient toutes été des fiascos. Pas une seule de mes recrues n'était restée sobre. Ma dernière expérience, avant le dégoût final, avait été une tentative de suicide par téléphone, presque anonyme puisque je ne connaissais que le prénom du suicidaire.

Nous étions censés venir en aide à des dépendants actifs armés de notre seule bonne volonté, sans autre qualification que la croyance en une aide spirituelle engagée dans la même affaire que nous. Et à toutes les sauces, on plaçait cette abréviation, P.S., qui signifiait Puissance Supérieure. Ma P.S. m'a choisi ma marraine (grave erreur), j'avais fait les frais d'une marraine dans l'hyper contrôle : plus je me montrais conciliante, plus elle devenait intransigeante jusqu'au despotisme. Mais la P.S. avait bien effectué son travail car cette puissance supérieure désirait que je sache mettre mes limites. Nous étions ainsi tous enrôlés et jamais embobinés par cette P.S., ni, du reste, par personne. Toujours gagnants ! N'est-ce pas le plus beau programme de

vie ? Et comme nous ne débattions dans les salles que du sujet de la dépendance, rien de l'extérieur ne pouvait venir nous troubler, ni le monde du travail, ni le spectre du chômage, ni l'idée d'abandon. La force était du côté des plus spirituels d'entre nous, qui étaient des exemples à suivre. Se retrouver seul, sans domicile et sans travail après avoir usé le tout et dire qu'on remercie le ciel d'avoir échoué si bas afin de connaître enfin ce lieu de partage, c'était une bénédiction et tant pis pour l'ancienne vie : la septième étape permettait de s'amender.
Mais les champions se plaçaient encore au-dessus, eux restaient clean tout en dormant sous un pont et remerciaient la P.S. de leur faire vivre cette expérience unique. D'ailleurs, elle a été unique, puisqu'un seul a réussi l'exploit, et ensuite nous ne l'avons plus jamais revu.
Vous comprendrez donc chers lecteurs, que je me suis longtemps perdue et retrouvée dans cette association et qu'il était difficile d'adhérer à ces postulats et principes avec toutes ces énormes démonstrations que je viens de vous relater. Le pire était encore à venir…
J'avais osé résister à ses avances alors que toutes y répondaient par des rires ou des plaisanteries, faisant de lui un homme séduisant aux nombreuses conquêtes. Il n'a pas compris qu'une donzelle le rejette, lui qui ne faisait que répondre aux sollicitations féminines. Exhibant sa puissance de mâle adepte des grosses cylindrées, il avait un grand succès, il est vrai. Je n'étais pas fan ni de son physique, ni de son mode de vie. J'avais essayé par différents moyens de me débarrasser de lui, mais plus je mettais de la distance, plus il y voyait un défi à surmonter ; il pensait sans doute que personne ne pouvait lui résister. Au fil du temps, je suis devenue son obsession, ou plutôt, l'objet sexuel insaisissable qui devait confirmer sa supériorité sur moi, la petite orgueilleuse qui jouait à la sainte nitouche.

Dès qu'il me voyait apparaître, son regard changeait, je le voyais calculer la façon dont il pourrait m'approcher au plus près, comme un bon chasseur qui attend et qui bientôt se délivrera de son impatience et saisira enfin sa proie. Ce qui n'était qu'un jeu anodin pour ce loup est devenu une crainte viscérale pour moi. J'avais peur.
Je suis redevenue une petite chose effrayée tandis qu'il circulait librement, prenant plus d'espace avec sa combinaison de motard et ses grosses bottes ; on l'entendait marcher lourdement. Je le haïssais.
Le bruit des ailes du papillon blanc ne se fait plus entendre, c'est l'automne, tous les papillons ont disparu et avec eux, la grâce. J'aimerais disparaître dans cette saison, me fondre dans ces dernières couleurs avant la mort de toutes les feuilles des arbres. Je me sens déjà nue alors que l'hiver tarde à arriver. Je le redoute comme un signe de plus, je vais rentrer chez moi dans quatre jours.

Dans cet appartement que je désirais tant retrouver, je crains de me sentir comme une orpheline. Qu'a-t-il décidé de me laisser ? Je n'en ai pas la moindre idée. De toute façon, il y aura ce vide.

Le loup, lui, continue de parader bruyamment parmi ceux que je croyais mes amis, son comportement n'était pourtant pas en adéquation avec les principes spirituels que tous disaient adopter. J'éprouve un sentiment de défaite et pourtant, je suis la seule à avoir osé lui mettre des limites. Il restera puissant et fier de ses agissements et moi, je resterai la perdante, celle qui franchissait les portes des salles de réunion avec la peur au ventre. Il continuera à partager son vécu triomphant et en retour, ils loueront ses qualités, ils évoqueront des souvenirs communs et le décriront, à grand renfort de superlatifs, comme un illustre

exemple à suivre.
Encore une société d'apparences, mais celle-ci, pleine de grandes phrases profondes.

Ma vie ressemble à une éternelle errance où rien ne peut s'inscrire dans la durée tant la parole donnée est dénuée de valeur. La parole n'engage toujours que ceux qui y croient… Je ne veux pas me souvenir de tous ces mensonges. Je veux les imaginer vertueux et nobles comme mon ange blond, je souhaitais qu'elle soit lumineuse et que sa parole rende le monde meilleur comme il était écrit dans le grand livre bleu des narcotiques anonymes.

J'ai huit ans et demi. Nos vacances au Portugal sont une errance. Ma mère est lumineuse, habillée de robes légères choisies pour que le soleil les transperce et dévoile ses jambes de blonde. Nous nous retrouvons dans un café, dans un village de pêcheurs. Par ici, que des hommes aux habits rustres. Toutes les conversations s'arrêtent net et tous nous regardent. C'est le silence complet et une stupéfaction flotte au-dessus de chaque tête. Le temps s'est arrêté et je reprends conscience avec ma réalité, là où jamais rien n'est normal !
Entrée dans cet endroit miséreux, ma mère fait face aux malheureux aux yeux creusés par la servitude. Elle est un rêve. Elle vient d'un pays lointain où les femmes sont insouciantes et habillées comme des papillons. Elle se met tout de suite à jouer son rôle favori, celui de star. C'est un soleil, prêt à dispenser autant de sourires qu'il y a de mâles présents. Alors tous, face à cette apparition, redressent leurs dos fatigués.
Enfin il se passe quelque chose dans cet endroit oublié, inchangé depuis des générations où le progrès n'a pas sa place. Ma mère signifie cette avancée, un monde plus facile leur apparaît. Un moment, j'ai pensé que c'était une magicienne quand le

café est devenu joyeux mais brusquement la porte s'est ouverte sur un homme en pleurs, escorté et soutenu par deux collègues. Ensuite, il s'en est suivi des paroles accompagnées de grands gestes pour aider la touriste française à comprendre. Le pêcheur nous montrait ses lunettes cassées. Il s'agissait d'un simple accident du travail mais il n'avait pas les moyens de s'acheter une nouvelle paire et avec sa myopie très prononcée, il était privé de son gagne-pain. Il était condamné à la misère la plus totale ; tous se savaient menacés du même sort mais pire encore, aucun ne pouvait aider son semblable. La fête semblait finie.

Mais la blonde platine étincelante a obtenu son triomphe lorsqu'elle a clamé devant tous qu'elle enverrait l'argent depuis son pays. La bonne fée venue du nord s'est fait applaudir. Je me suis sentie triste et lorsqu'ils lui ont offert de nombreux verres, j'ai été en colère. Ils trinquaient à leur bonne fortune alors que je savais que l'ange aux cheveux d'or ne respectait jamais sa parole. Les paroles ne devraient pas ressembler au vent, elles devraient s'inscrire dans notre mémoire sinon, à quoi pouvaient-elles bien servir ?

Elle n'avait pas rendu le monde meilleur, elle l'avait encore un peu plus plongé dans le désespoir et ce lieu promis par tous et décrit comme tel n'existait pas non plus dans les actes de ma famille recomposée, les narcotiques anonymes. Je devais le chercher ailleurs, là où donner sa parole engageait chacun personnellement, sans qu'il en recueille un quelconque avantage.

Et j'allais le trouver.

Jeudi 8 novembre

Par une tierce personne, j'ai appris que mon ex était en train de déménager. Il était question des meubles de sa chambre.
Peut-être prendra-t-il une bonne partie du mobilier acheté en commun, ou bien la totalité. Cela étant, il accorde une grande importance à son image de parfait gentleman, et il lui sera difficile de la conserver intacte s'il me rend un appartement vide. J'ignore ses intentions, et il est plus prudent de ma part de le laisser faire car si j'émettais le plus petit intérêt au sujet du mobilier, il en profiterait pour m'inonder de courriels et je ne les supporte plus, lui et ses manifestations outrancières.
En attendant de connaître sa décision, je lui ai demandé de me déposer mes clefs dans ma boîte aux lettres le dimanche 11 novembre, en fin de matinée. Il m'a répondu qu'il le ferait en fin de journée.
Je me prépare à faire le deuil du mobilier complet afin de ne pas ressentir un choc visuel en découvrant un appartement radicalement différent de celui que j'ai connu. Mais si l'aspect matériel est la partie la plus visible de ce que j'aurai perdu, l'essentiel est toujours logé dans mon esprit : c'est ma capacité à croire en un monde meilleur.
Je ne réagirai pas à cette vengeance mobilière et si elle m'importe peu, c'est pour une raison qui va à l'opposé des croyances de notre société, selon lesquelles nos perceptions sont axées uniquement sur un plan matérialiste ; ce que l'on voit existe et rien dans l'espace ne peut être le résultat d'un phénomène quelconque. Pourtant, une suite possible à cet acte de représailles ne dépendrait que de lui.
Mais avant de vous en faire part, chers lecteurs, je souhaite que vous l'imaginiez encombré par ce trop-plein d'objets dans son petit trois pièces (cuisine y compris) et que vous visualisiez ce

logement aux allures de débarras. S'y ajoutera mon silence. La non communication tant espérée de ma part depuis des mois va enfin pouvoir se réaliser. Enfin ! Une fin à la médiocrité.
Mon indifférence va forcément faire baisser la valeur de ces objets, qui viendront former un fatras de plus dans son quotidien, et lorsqu'il circulera entre ces meubles et objets amoncelés, il pestera contre leur inutilité. Il est tout à fait possible de vivre durablement dans un tel désordre pour le prince de la procrastination. Son logement sera aussi encombré que son âme est chargée !
Et il trouvera un écho à sa colère mais ce ne sera pas moi…

Imaginez cette femme dépendante aux drogues dures mourant d'une overdose dans ce lieu qu'il va habiter. Que fait donc son âme, sinon rester sur place ? N'est-elle pas morte à l'endroit où elle pouvait en toute sécurité s'adonner à son cher vice, répétant ces rituels que tous les drogués mettent en place ? Elle ne fait pas exception à la règle et il va forcément la déranger.
Certes, elle ne peut plus physiquement accomplir ces mêmes gestes qui lui permettaient de modifier son état de conscience. Il est plus que certain qu'elle recherchait des effets bénéfiques pour ne surtout pas rester face à elle-même, à ce vide insupportable. Elle chargeait son corps de produits toxiques quotidiennement et son esprit était faussement comblé jusque dans sa mort. Ce fut un vrai feu d'artifice, un flash inoubliable après qu'elle a actionné le piston de la seringue, c'est ce que recherchent tous les usagers, cet instant où l'héroïne, en l'espace de 7 ou 8 secondes, crée une montée d'euphorie qui ne dure que 45 secondes maximum. Mais ensuite, elle a perdu conscience et a quitté son enveloppe charnelle, elle s'est vue allongée et inerte sans comprendre tout à fait ce qui lui arrivait, tout en étant très en colère, les dépendants actifs étant très impulsifs.

Et très rapidement, les régisseurs étant pressés de rentabiliser chaque logement, surgira cet inconnu qui occupera son domicile. Elle ne l'appréciera pas, à moins qu'il soit un parfait écho à sa colère. Que l'esprit de cet intrus lui soit profitable et lui permette d'échapper à ce vide, qui existait bien avant sa première prise de stupéfiant. Alors, apparaîtra dans son champ magnétique une même résonance énergétique et elle verra la possibilité de satisfaire son envie d'exprimer toutes ses émotions négatives. Une symbiose se créera. Elle pourra même jouir d'un semblant de vie lorsqu'elle lui susurrera des pensées sur ce monde où jamais, elle n'a trouvé sa place, morte comme vivante. Lorsqu'elle sortait de son coma opiacé, elle ressentait de l'injustice, elle s'imaginait victime de la société mais à la fin, plus personne ne l'écoutait, or, bientôt, lui l'écoutera, sans le savoir, sans même savoir qu'il est squatté par une entité malsaine. La suite leur appartient…

Tandis que certains se perdront dans leurs ressentiments, je prendrai plaisir à regarder les oiseaux, je scruterai mon cœur et je continuerai à parler aux arbres, au ciel.
Vous dire que je ne ressens aucune colère serait un mensonge. Toutefois, je sais que l'Univers a un plan pour moi, mon conte de fées ne se terminera pas ainsi.

Et chers lecteurs, sachez que nous avons tous quelque chose à écrire afin de laisser une trace de notre passage, je vous assure que c'est important, car, peut-être lors de notre prochaine incarnation, nous nous en souviendrons.
Dans mon ancienne existence, le dernier jour de ma vie, je n'avais rien emporté sinon l'assurance d'être et d'avoir aimé. Ainsi, je me suis adressée aux miens en leur disant :
« C'est un beau jour pour mourir. »

Et c'est cet Indien fou qui avait choisi mon destin. Ours debout avait laissé une trace, une empreinte subtile qui m'avait conduite sur le même chemin que lui, la sagesse, en opposition au chaos.

Vendredi 9 novembre

Je sais que cette histoire de fantôme est une fable à dormir debout pour la plupart d'entre vous et que ce couple improbable qui va se former est une pure imagination de mon esprit qui ne supporte pas l'idée qu'il puisse me remplacer par une femme en chair et en os. Ou encore, il me faut écrire une suite avec une action percutante afin de me faire vivre l'illusion d'une vie fantastique et extraordinaire à la hauteur d'un conte de fées puisque je souffre de cette addiction, ce serait en sorte comme une perte de maîtrise comparable à la prise d'une drogue avec des conséquences, un délire de plus.
Cependant, je vous rappelle que je ne décide de rien et que bien qu'un Indien, un ancêtre dans une autre vie, ait prévu un plan particulier me concernant, je vous prie de croire qu'il ne m'a pas demandé la permission car, je vous le dis, je n'aurais jamais accepté une telle existence.

Être le bouc émissaire d'un panel de sociopathes en tout genre n'est pas à proprement parler compatible avec un quelconque épanouissement personnel et l'idée que l'on puisse croire que je me sois sacrifiée volontairement telle une sainte me révulse au plus haut point, je déteste toute cette litanie de martyres sanctifiés. De plus, je suis en colère contre cet Indien qui aurait décidé de percer certains mystères. Mais je ne peux pas lui en vouloir tout à fait car sans lui, comment aurais-je pu démêler les fils tortueux de mon vécu ?
Il y a un hic cependant, qui m'empêche de sourire totalement à cette chance qui m'a été donnée de pouvoir profiter des largesses d'une telle âme représentant le grand esprit de la Nature, bien que j'en sente les bienfaits lorsque je m'adresse aux arbres doués de psychologie. J'ai donc demandé à mon ange gardien

le pourquoi d'une situation grotesque que j'ai vécue deux fois dans ma vie, je ne peux croire à un simple hasard.

Pourquoi avoir choisi en effet de me confronter deux fois à cette race de chien stupide au nom grotesque : shih tzu ?

J'ai fini par croire que cette appellation m'était destinée. Le jeu de mots est si facile que je ne peux l'ignorer. C'est tout l'Univers et ses anges qui perdent leurs dignités et sagesses afin de rire à mes dépens. On me chie dessus !

Et que m'a répondu l'ange ? Que ça ferait une bonne histoire !
N'est-ce pas la preuve d'un certain sadisme ?

Enfin ! Je veux bien croire que l'humour peut l'emporter sur l'horreur mais tout de même, il s'agit de ma personne ! Je suis censée être considérée un minimum par celui qui a décidé de me venir en aide de temps en temps, ce haut gradé céleste que j'avais imaginé vertueux à l'extrême. À moins que je rencontre un franc succès comme il le sous-entend ; il se réjouirait par avance, sachant que cette blague a le goût du succès.

Lui voit loin tandis que moi, je ne vois qu'une répartie ironique qui a un léger goût de cynisme alors que je croyais m'adresser à une divinité parfaite et totalement lisse.

Puis-je croire à son idée de triomphe littéraire ? Il peut être péremptoire, car comment mettre sa parole en doute ? Mais n'est-ce pas complètement impensable ?

Chers lecteurs, imaginez que vous receviez l'aide d'une de ces créatures dotées d'immenses qualités, représentées sur les illustrations avec des ornements extraordinaires comme une paire d'ailes blanches ? Qu'une de ces créatures évoluant au firmament, loin de tous les tourments terrestres, se donne la peine de vous considérer… comme quoi, d'ailleurs ?! Un ami, une connaissance, parmi environ 7,753 milliards d'individus (j'ose espérer ne pas être la seule) ? Ne serait-ce pas une attention exceptionnelle qui vous aurait été accordée et qui vous obligerait à vous montrer coopératif ?

Pas plus que moi, vous ne pourriez douter des capacités de cette créature et pourtant, je ne crois pas que ce journal intime franchisse la ligne d'arrivée et vienne se hisser à une position honorable dans l'univers de la littérature. D'autant plus qu'il est question d'inceste, de fantômes, d'arbres psy, de shih tzu, de sociopathes…

Mais bon ! Puisque ma créature à moi a l'air d'y croire, je vais continuer mon histoire…

Ma sœur de cœur possédait cette race de chien aux poils de serpillère qui traîne sur les trottoirs et éponge toutes les déjections laissées par leurs congénères avec un grand sens du devoir. Tyfannie aimait en effet tirer sur sa laisse pour rejoindre au plus vite la mare d'urine la plus proche.

Tandis que je m'occupais de ma mère malade du cancer, qui était comme d'habitude incapable d'assurer cette confrontation et fuyait toutes ses responsabilités, je veillais sur son chien, entre autres choses. En ma présence, elle redoublait d'amour pour son roquet borgne avec sa mèche peignée avec soin afin qu'elle recouvre son infirmité. Toujours à ses côtés, pleurant et gémissant pour être porté sur le canapé, sur ses genoux ou dans ses bras… Il obtenait facilement des gestes d'affection même s'il était insupportable, alors que j'en avais toujours été privée.

Et le vertige m'a pris, la souffrance de tomber à nouveau dans le même souvenir, dans la même humiliation, je valais moins que cette race de chien au nom vulgaire, le shih tzu !

J'avais préféré oublier ce chien et il était revenu, le même enfant gâté et capricieux, c'était juste une différence de sexe. Celui de ma mère n'avait rien d'une sœur et pourtant, elle était sa préférée.

Elles avaient poussé le vice si loin que devant moi, l'une comme l'autre, indifférentes à ma souffrance, elles se livraient à une adoration sans limite pour leur chien.
Anesthésiées de tout sentiment, l'une par la drogue et l'autre par une entreprise commerciale, sans émotions envers leurs semblables, elles prenaient une voix stupide quand elles cajolaient une de ces stupides créatures mises entre leurs mains pour me faire souffrir.
J'allais rentrer chez moi avec un contentieux canin en pensant à cette farce du destin qui avait certainement vu le jour, à mes sept ans.

L'entreprise en question qui avait mangé l'âme de mon ancienne amie, je l'avais vue se construire devant mes yeux. C'était un ogre aux multiples étages, huit en tout, il allait dépasser le septième étage de notre logement. Jour après jour, je regardais sa progression, c'était une nouveauté, rien de tel n'existait encore. Un si grand magasin allait ouvrir juste devant chez nous.
Ils avaient détruit l'ancien bâtiment où vivaient quantité de personnes avec des chez-eux que je découvrais lorsqu'une ampoule s'allumait. Je les regardais, et cette même question m'obsédait : comment vivait-on, ailleurs ?
Et en bas, une grande brasserie, ma mère m'avait emmenée quelquefois dans ce lieu imposant. Je me souviens d'un long banc en bois avec au-dessus un miroir en longueur et la sensation d'un grand vide car par comparaison au nombre de personnes aperçus quotidiennement dans les étages supérieurs, cet endroit était peu rempli, et tout aussi triste.
Car si le soir, les lumières s'allumaient et révélaient les intérieurs baignés de chaleureuses couleurs, ses habitants paraissaient tristes dans leurs habitudes. Très rapidement, il m'a semblé que le gris de la façade les avait rejoints de manière définitive ; alors,

j'ai cessé de les observer, ils ne pouvaient rien m'apprendre de plus.

Puis, ça a été un grand chamboulement avec beaucoup de bruits et d'excitations. Enfin, on allait voir le progrès en pleine action. Les jours étaient à présent différents, le quartier s'animait et les gens souriaient et ma mère aussi. Les ouvriers travaillaient vite et les adultes commentaient les travaux et bientôt vint le grand jour de l'ouverture, avec du monde et de la musique. À l'entrée principale, une grande lumière derrière des portes vitrées et des centaines de gens se précipitant à l'intérieur dans une joyeuse bousculade. Je les ai vus depuis mon poste d'observation, au septième étage, ma mère était à mes côtés, heureuse d'un tel changement.

Durant la majeure partie de mon enfance, ce grand magasin a été un refuge pour moi, car au rez-de-chaussée il y avait une librairie où l'on pouvait lire des bandes dessinées sans que personne ne pense à nous déloger. Nous étions nombreux, assis sur les marches ou dans un coin, avec dans les mains ce que nos parents ne pouvaient nous acheter. Et au dernier étage, pendant l'été, ils installaient des tentes de camping, c'étaient des tipis d'Indiens destinées à nous inventer d'autres vies.

Le parking à plusieurs sous-sols était notre terrain de jeux obscurs où l'on se pourchassait en se prenant pour des espions. Et tous les samedis matin, un écho plus puissant venait nous sortir de notre quotidien de la semaine, c'était le jour des grandes annonces faites par haut-parleur, le son franchissait la rue et montait jusque chez nous, nous rappelant que l'Entreprise était joyeuse et conviviale. Et la foule incessante se pressait en son sein.

Ce monde était inoffensif et je le regardais depuis la fenêtre de ma chambre. L'ancien immeuble gris et robuste avait disparu pour laisser la place à une façade moderne vitrée, construite comme un lego, s'emboitant à l'identique aussi légèrement et rapidement qu'un jeu.

Alors que je grandissais, l'esprit de l'Entreprise a émergé, cet ogre attractif en apparence qui allait dévorer les âmes des gens. Mais avant, c'était une terre d'aventure dont nous dévalions les escalators.

Samedi 10 novembre

Jour moins 1. Enfin, ce qui a l'allure d'un périple va se terminer. Je regrette presque de ne pouvoir continuer mon errance, elle était une souffrance mais aussi une grande aventure et de l'avoir partagée avec vous, mes chers lecteurs, me fait regretter de devoir bientôt vous quitter.

Je m'adresse à vous comme si physiquement vous existiez. Durant plusieurs mois, chaque jour, vous avez été présents dans ma vie, je pensais à vos réactions à la lecture de certains passages. Vous étiez empathiques et bienveillants comme les amis que j'aurais souhaité connaître. Je vous ai imaginés en parfaits lecteurs afin de pallier mon manque affectif et je vous ai donné un supplément d'âme pour ne pas sombrer dans l'indifférence générale. Hommes ou femmes, peu m'importait, tout comme votre statut social, il me suffisait de croire que vous étiez de bonnes personnes, et vous l'avez été.

Et maintenant, je me sens triste alors que je sais pertinemment que vous n'existez pas.

Je veux croire pourtant à cette chaîne de solidarité, je ne veux pas qu'elle s'arrête demain et je désirerais que vous preniez enfin forme afin de conserver un peu de ma joie de vivre. Que ce monde ne soit pas une terre creuse, sans sentiments partagés ni émotions communes.

J'ai besoin d'authenticité sinon ma petite flamme va s'éteindre et je sais que cette extinction est pire que la mort physique.

Malheureusement, j'ai la nette impression que dans cette société de consommation, je suis une espèce en voie d'extinction. De plus, j'ai appris à mes dépens que les apparences sont si trompeuses que je risque gros ! Ne suis-je pas à la recherche d'un idéal que beaucoup jugent utopiste ? Il semble que nous arrivions à un point précis, la limite où il ne sera plus possible de croire en un monde meilleur alors qu'il m'est nécessaire de le trouver pour ne pas sombrer.

« Le grand plan cosmique » doit entendre mon cri silencieux, c'est un appel au secours car j'ai aussi soif d'amour qu'un homme échoué sur un canot de fortune errant au gré des vagues. Ma vie se confronte à ce même paysage mouvant où rien n'est stable et l'esprit divague et va jusqu'à inventer des mirages pour se sauver de la noyade.
Je suis en perdition et au-dessus d'un monticule d'eau, se dessine une forme… Je crois apercevoir une bonne âme et puis, brusquement, surgit la déconvenue la plus totale, il n'y a rien, et l'horizon se perd comme l'espoir. Une vague, puis deux et des milliers d'autres, des heures de sommeil empli de peur et parfois le jour qui se confond avec la nuit, la perte de tout repère, la civilisation n'existe plus, il ne reste que ce corps qui supplie l'eau à portée de main, mais elle est impropre à la consommation. On en veut à la terre entière, mais pourquoi donc est-elle salée, cette maudite mer ?! De jour comme de nuit, on rêve à quantité de sources désaltérantes qui n'existent pas et ce sont autant d'abattements suivis de révoltes où l'on se fait de vagues promesses à soi-même sans savoir si elles ne sont encore que des illusions.
Je me sens couler et j'écope ma rage, mon trop-plein d'amertume qui déborde de mon esprit sans que je puisse longtemps retenir ce qui va sûrement causer ma perte, ma solitude.
Bientôt, je serai vide et aigrie dans ce désert d'oubli et je n'aurai plus la force de me relever. Je vais perdre mon imagination et alors, je refermerai la porte de ma chambre avec cette seule vérité, l'Ogre a gagné et j'ai perdu.
Mais, avant cette chute finale, sachez que je ne vais pas m'excuser de vous avoir renseignés au sujet de l'au-delà car vous êtes libres de le croire ou pas.

J'ai envie de vous dire au revoir longuement car le futur me fait peur, j'aimerais perdre mon temps avec vous, oublier que vous faites figure de dernier espoir, quand vous n'êtes que des mots sur un clavier d'ordinateur, rien de plus.
Je sais que je n'ai plus droit à l'erreur et qu'il me faut impérativement trouver mon âme sœur. Cela devient de plus en plus difficile et c'est justement ce que l'Ogre désire : nous diviser pour mieux nous faire acheter, nous distraire d'apparences pour que nous nous sentions exister et dans cette surenchère du paraître, nous ne sommes que des pions interchangeables. La bête se nourrit de nos croyances. Elle est devenue notre culture et nous, sa nourriture.
La folie risque de me rattraper dans cette société qui a de plus en plus l'allure d'une publicité mensongère.
Mais je veux croire que je ne suis pas exceptionnelle, que mon envie est commune, le bonheur n'est pas un bien commercial fluctuant au gré des rencontres. Je connais ma grande faiblesse. On peut me dépouiller facilement avec seulement quelques compliments, qui me plongent immédiatement dans un état second. Donnez à manger à un affamé et il se mettra à genoux pour vous remercier. Le Diable n'est jamais loin et il peut prendre l'apparence d'un bon samaritain comme il peut aisément se glisser dans le costume d'un banquier sans scrupule.
Il semble que même Dieu ait renoncé puisque l'exercice est indigne d'un degré d'intelligence supérieur à la moyenne. Il faut être réaliste, corrompre une âme humaine, c'est comme prendre de la pâte à modeler pour enfant et en faire ce que l'on veut ! Et même si j'ai résisté à ne pas prendre une vilaine forme, je pourrais l'amocher « cette molle cervelle » avec ma colère, en ressassant tout le mal que l'on m'a fait jusqu'à la fin. C'est ma plus grande crainte. Comment échapper au goulot sombre qui m'attend ? Je suis mon pire ennemi. Ma vie va se refermer sur

ce vécu qui ne m'a pas permis de prendre la distance nécessaire pour m'éviter de tomber dans ce que j'ai nommé : La Nef des fous. Je quitterai donc ce monde qui ne tourne pas rond pour le suivant qui sera un manège infernal.

Mon ange gardien l'a d'ailleurs si bien compris que lui-même use d'un certain cynisme !

Il a raison, il se protège, mettez-vous à sa place, non seulement, il voit toutes nos exactions mais en plus, il peut connaître toutes nos pensées. Sa place n'est pas souhaitable et peu importe qu'il ait été promu à ce grade, c'est un enfer pour lui que de nous voir agir ainsi…

Il m'arrive de temps en temps de m'adresser à lui et à ses camarades de haute lutte, je les motive car je sais qu'ils sont dépités mais au moins, ils sont solidaires et ils ont une parole. Et ne croyez pas qu'ils font preuve de négligence envers le monde. C'est juste que le temps n'a pas la même signification pour eux. Ma carcasse humaine, elle, est dans l'urgence de se trouver une famille de cœur. En attendant de rejoindre le monde des infinis possibles et de la liberté, je vais devoir me battre encore pour ne pas sombrer dans le désespoir de trop.

Je souhaite ressusciter à la belle saison comme durant l'été de mes cinq ans.

Mesurant à l'herbomètre ma hauteur dans un champ, j'ai été propulsée parmi la plus grande richesse sur cette terre. Je faisais partie de cette nature après en avoir été chassée. Le paradis existait, je l'avais retrouvé. C'était la représentation d'un monde parfait où chaque acteur avait sa place dans cet espace où existait une confrérie des vivants.

J'étais entourée de fleurs m'arrivant à mi-corps, des dizaines d'insectes volaient tous azimuts à la hauteur de mes yeux, j'étais acceptée dans cet univers conçu pour ma taille d'enfant, je ne

dérogeais à aucune de ses règles. Les insectes partageaient leurs vols bruyamment pendant que les hautes herbes bruissaient et se pliaient sous la caresse du vent, me dispensant sa fraîcheur. C'était ma maison verte et ondoyante, prête à me suivre à la course tout en m'encourageant en marquant chacun de mes pas. Je ressuscitais, ivre de bonheur, propulsée par la force d'une nature laissée en friche.
La bête était vaincue, je l'avais vue de mes propres yeux.
Une après-midi d'été, les parents et la femme de l'Ogre m'avaient emmenée dans un chalet en pleine campagne et je l'ai vu, assis, les épaules tombantes, son corps vaincu et replié sur lui-même. Il ne parlait plus. Ils ont tous essayé de lui faire sortir un mot de la bouche, en vain. Alors, ce fut le silence complet puis ma mère m'a dit d'aller dehors. Comme un automate sans pensées ni sensations, je lui ai obéi, j'étais morte de l'intérieur.
Les arbres bien au-dessus de ma tête m'ont surveillée comme des tuteurs, je les ai vus comme des êtres solides sur qui je pouvais compter. Ils étaient bienveillants et avaient une fonction dans ce champ, celle de conserver la sagesse. Je l'ai compris, quand fatiguée, je me suis blottie contre un tronc. J'ai perçu qu'il pouvait me protéger et comme une ancre, j'ai senti ses racines sous la terre me retenir, nous étions attachés l'un à l'autre. Je l'ai aimé comme un parent, mais il m'a fallu le quitter.
Maintenant, vous connaissez d'où me vient mon attachement physique aux arbres, aux plantes, aux insectes, aux oiseaux et à toute la création.

J'habite dans une ville, il n'y a pas de champ et c'est bientôt l'hiver, il va falloir que je me méfie de tous ces cœurs secs qui ne savent pas aimer tout en proclamant le contraire. Ils sont capables de vous mentir en vous regardant droit dans les yeux, sans ciller, sans aucune ombre.

Où se trouve donc mon preux chevalier ? Celui qui n'aura pas vendu son âme au plus grand nombre, celui qui aura choisi le difficile chemin de la connaissance, celui qui aura renoncé aux illusions sans pour autant tourner le dos à ses rêves ?

Ma fille m'a dit qu'un tel homme n'existait pas, sinon dans de vieux romans désuets.

Le monde appartient aux plus cruels et ils sont nombreux, trop nombreux à vouloir dominer, ma fille comprend le monde ainsi…

Se méfier et être le plus malin.

Dimanche 11 novembre

Aujourd'hui, je rentrerai chez moi en fin d'après-midi. Mon ex aurait pu me laisser les clefs dans ma boîte aux lettres hier, à la fin de son déménagement. Mais ç'aurait été trop simple pour lui ! 16 heures ou 18 heures, je ne sais pas, il n'a pas précisé et je ne vais pas lui demander. J'ai opté pour 17 heures.
Encore des calculs… Il y en aura d'autres. Combien de meubles aura-t-il laissés ? Je ne sais pas.
Il est inutile que je vous relate la suite. À quoi bon ?
Bien que je n'aime pas les adieux, il me faut vous quitter, je vous l'ai expliqué hier.
Je vous laisse donc devant cette page presque blanche, c'est à vous de la remplir, à vous d'écrire votre conte de fées.
Et si vous avez oublié ce que signifie le verbe rêver, conjuguez-le à l'impératif et criez-le en levant les yeux plus haut que toutes les barres d'immeubles.

Bien à vous, je vous ai aimés.